이 아침을 어찌 넘기랴

이 아침을 어찌 넘기랴

신혜원 문집

곰곰나루

부끄러움과 고마움

참으로 오랫동안 뜸을 들였다.

글을 써 놓기는 해도 세상 밖으로 내놓는 일은 정말 쉽지 않
다. 더구나 내 이름으로 책을 내는 일이 그렇게 자랑스럽다거나
광고할 일도 아닌 것 같았다. 그렇다고 글을 써서 묵혀놓고 쌓아
두는 일도 별로 의미가 없는 것 같기도 했다. 언젠가는 발표할
수도 있으리라 스스로 위로도 했지만 부끄럽고 자신이 없어 망
설였다. 내 글에 가슴이 뜨거워져 눈물이 흐르거나, 바로 이거야
하고 공감한다면 얼마나 다행이고 감사할 일인가. 하지만 그렇
지 않은 반응이 일어난다 하더라도 나는 받아들일 것이다. 각자
처한 형편과 생각이 다를 수 있기 때문이다.

나의 글쓰기는 이민 후 남편이 샌버나디노에서 단독 목회(새
롬교회)를 시작할 때부터였다. 누구에게 털어놓을 수 없었던 암
울한 감정을 혼자 다스리다가 이정아 수필가의 소개로 「미주한

국일보」에 '사모칼럼'을 쓰면서 자연스레 수필을 쓰게 되었다. 사모칼럼은 사모로서의 꾸밈없는 민낯을 드러내며 4주에 한번 1년간 내보냈던 글이다. 이 글을 통해 차차 나의 자존감이 살아나 마음의 상처가 치유되는 체험을 했다. 그 후 김영교 시인이 운영하는 '사우스베이 글사랑 교실'을 통해 글을 배우며 익혔다. 시와 수필은 나를 거울에 비추어보듯 돌아보며 다스리는 성찰의 시간과 이민 후 삶의 여정이 되었다. 오랫동안 나의 책이 나오기를 기다리신 스승님의 격려와 후원에 힘입어 부족한 글을 내놓게 되었다.

나의 글을 통해 이민생활을 하시는 분들이 현실의 어려움을 극복하는 힘과 위로가 되기를 바란다. 나의 글쓰기를 격려해 주시고 밀어주신 재미시인협회와 재미수필문학가협회의 선후배 문인들께도 감사의 마음을 전하고 싶다. 또한 보이지 않게 끊임없는 기도와 격려로 힘을 실어 주신 박운송 목사님(엘피스 가정사역)과 이희숙 목사님(에제르 사모회), 주향교회 김 신 담임목사님과 교우님들께도 감사를 전한다. 나의 가족들에 대한 고마움은 말할 것도 없다. 아울러 끝까지 세심한 글쓰기의 거울이 되어주신 박덕규 교수님께 진심으로 감사를 드린다.

2023년 4월
신혜원

차례

제1부 수필
〈꽃을 피우기 위하여〉

〈나를 돌아보며〉

〈노을이 아름다워질 때〉

제2부 시와 동시

제3부 사모칼럼

제1부   수필 1

꽃을 피우기 위하여

노란 모자

벌써 40년도 더 지났다. 봄이 한창 무르익던 1981년 5월 29일은 어릴 때 그토록 그리던 비행기에 탑승한 날이다. 신혼 7개월간의 단꿈을 깨고, 두 동생을 데리고 어쩔 수 없이 주어진 이민의 길에 오른 것이다. 왠지 눈물이 왈칵 쏟아질 것 같아서 배웅하러 온 남편을 돌아보지도 않고 기내에 올랐다. 대한항공 기내에서 울려 퍼지는 애국가는 나의 가슴을 아리게 하고 눈물을 쏟게 했다. 27년간 어느 나라에서 사는지 별 생각 없이 지내온 터라 첫 소절을 듣는 순간 대한민국이 나의 조국이었다는 새삼스런 느낌으로 애국심을 솟구치게 했던 것이다.

처음 타보는 비행기 안에서 내가 쓰고 간 챙 달린 노란색 모자를 벗어서 만지작거리며 많은 생각에 잠겼다. LA공항에 도착하면 서로 안면도 없는 분이 우리를 알아보라는 증표의 이 노란색 모자를 바로 찾을까, 같은 색 모자를 쓴 다른 분이 또 있다면… 하고 주위 사람들을 둘러보기도 했다. 기류 때문에 비행기가 갑자기 흔들릴 때는 공중이나 바다에 떨어져 이대로 가면 영영 가족들을 볼 수 없게 되는 것은 아닐까 하는 염려가 순간순간 나를 괴롭혔다. 그러나 무사히 LAX에 도착하였다. 출구 쪽으로 나가보니 목을 빼고 노란 모자를 찾으며 기다렸다는 H교회 사모님과 전도사님이 반겨주셨다. 어둠이 깃들어 늦은 저녁시간에 우리는 벤에 올라타고 그 분들을 믿고 따라 나섰다.

하룻밤을 목사님 댁에서 자고 이튿날 목사님의 인도로 한인타운에 방을 얻었다. 미국생활의 빠른 적응을 위해 남동생은 운전을 배우며 낮에는 일을 하고 밤에는 공부에 열중했다. 나는 살림을 위해 마켓과 은행 등으로 오가는 버스 길을 익혔다. 이웃과도 사귀며 묻고 미국생활에 적응하려고 애썼다. 한국에서 상상한 그림같이 멋있는 미국의 풍경은 전혀 눈에 들어오지 않았다. 밋밋하고 건조하여 메마른 아스팔트와 운치 없는 거리뿐인 것은 내 마음이 여유가 없던 탓이리라.

7일째 되는 날부터 일본 양로병원에서 근무를 하게 되었다. 아버지 같은 그 목사님의 세심한 배려로 민생고 해결에 나선 것이다. 함께 차를 타고 갈 직장인이 없을 땐 혼자서 버스를 두세 번 갈아타며 일을 다녀야 할 때도 있었다. 주일에는 교회에 가서 열심히 봉사를 했다. 그때 교회에서 먹던 한국 음식 맛은 지금도 잊을 수가 없다. 한국에서도 전혀 느껴보지 못한 꿀맛이었고 어머니의 손맛 같아 푸근하고 정겨웠다. 교회에 가서 사모님을 뵈면 처음 만날 때 내가 쓴 '노란색 모자'는 생각만 해도 웃음이 나온다고 하셨다. 나로서는 아주 요긴한 발상이었지만 지나고 보니 얼마나 촌스럽고 웃기는 방법이었는지 모른다.

정신없이 하루하루 살다보니 한 달 만에 가져온 돈이 바닥이 났다. 내 딴에는 달러를 한화로 계산부터 하게 되어 뭐든지 물가가 비싼 것 같아 1달러도 절약해서 살림을 했다. 그러나 매달 날아오는 전기세, 자동차비, 전화요금 등 방세를 내야 할 때는 부담 정도가 아니라 내 뼈를 깎아내는 듯한 고통으로 아려왔다. 게다가 남편과 함께 고국에서 신혼으로 살던 때와 거두어야 할 두 동생들과 함께 생활을 꾸려나가야 하는 것의 차이는 의외로 컸다. 왜 좋은 양호교사의 직을 버리고 말도 안 통하는 타국에 와서 생고생을 해야 하는지, 다시 가방을 싸서 한국으로 돌아가고 싶은 마음으로 하루에도 수차례씩 나를 괴롭혔다. 결국 방세를 줄이기 위해 원베드 룸으로 옮겼다. 한국과의 통화료도 줄이기 위해 편지나 엽서를 사용해 그립고 고달픈 마음을 달랬고, 동생들과 예배를 드리며 극복하는 힘을 얻었다.

뼈저린 시간이었다. 경제관념도 완전히 바뀌었다. 이민의 삶에 많은 변화가 일어났다. 남동생은 좁은 옷장 안에 불을 켜고 틀어박혀 땀을 뻘뻘 흘려가며 공부에만 전념하더니 10년이 지난 후 뉴욕에서 학위를 받았다. 그 후 한국에 나가 후학을 가르치는 일을 계속하며 가정을 갖고 안정된 생활을 하고 있다. 여동생은 이곳에서 결혼하여 두 딸을 낳고 좋아하는 그림을 그리며 살고 있다. 나는 남편이 공부를 마치고 미국에 들어온 후부터는 안정을 찾고 직장인으로 긍지를 갖고 살고 있다.

나의 큰오빠가 처음 미국 유학으로 겪던 탐험가의 길을 왜 동생들에게 멀리 선물처럼 전해 이민의 길을 걷게 했는지 뒤늦게야 깊이 깨닫는다. 난 한국이라는 온실 안에서 콩나물처럼 자라던 어린 소녀였다. 미국 이민이라는 미지의 배를 탄 후 정신적 경제적 자립에 강한 힘을 갖게 되었다. 지금은 아내이자 엄마로 그리고 사회인으로 이제야 성숙한 여인이 되어가는 기분이다. 아직도 언어의 장벽은 남아 있지만 그런 대로 다민족 속의 한국을 느끼며 코리안 아메리칸으로서 긍정적으로 살아간다.

끝이 없어 보이는 길을 더듬듯 처음 미국에 온 때를 회상하니 지금까지 살아온 여정이 드라마 같다. 아직도 해야 할 일이 많다는 사실에도 존재감을 느낀다. 벌레 먹은 잎사귀도 별처럼 귀하고 아름답게 보는 시인처럼 나는 '노란모자'를 내 추억어린 이민 초기에 대한 상징과 비유라 생각한다. 그것은 늘어나는 흰 머리카락과 주름진 손, 힘든 이민생활을 대신하는 현상을 대표하는 앞자리에 놓여 있다.

감 사세요

올 여름은 무더위가 심하게 느껴지지 않은 채 쉽게 넘어가고 전보다 점점 더 빠르게 찾아오는 계절의 변화를 느끼게 한다. 7월 초 창밖의 팜 추리를 맴돌던 새 무리가 요란하게 지저귀며 단잠을 깨우던 때가 불과 몇 주 전이었는데 이젠 기다려도 그 새는 다시 오지 않고, 벌써 가을이 문 앞에 다가와 있으니 어찌 내 마음이 설렁하지 않겠는가? 조석으로 샌치해져 옷깃을 여미면 잊지 못할 추억들이 마구 되살아나지 않는가? 언제부터인가 나는 가을이 오면 잊을 수 없는 과일 감이 떠오른다. 주말마다 마켓에 가면 제일 먼저 눈에 띄는 것이 과일 진열대이다. 그 중에 유독 단감을 보면 난 가슴이 뭉클해지면서 걸음을 멈추고 감을 고르기도 전에 눈물을 삼키며 떠오르는 나의 추억을 담지 않을 수가 없다.

내가 LA를 떠나 샌버나디노로 간 지가 20년이 넘었으니까 남편이 처음 그곳에서 단독 목회를 거쳐 다시 교회를 개척한 지 얼마 안 되었을 때다. 스왑미트에서 금은방을 운영하는 지인께서 친구의 과수원에서 딴 단감 13상자를 내게 가져오시며 그것을 팔아 헌금을 하고 싶다고 제의하셨다. 생전 해보지 않은 장사를 내가 어떻게 할까 고민고민을 한 끝에 용기를 내어 비닐봉지를 모아서 50개씩 담았다. 한 봉지에 10달러에 팔 셈이었다. 한국 사람들을 만나야 팔 것 같아서 샌버나디노 근처인 콜튼, 휜타나, 리버사이드 등 스왑미트를 있는 대로 찾아다니면서 행상을 하기 시작했다.

우리 애들은 오전에 학교에 보내고 그 당시 내가 돌보던 어린 애들은 남편과 함께 주차장에서 기다리게 하고. "감 사세요. 모양은 이래도 아주 맛이 있어요." 하면서 점포마다 지나갔다. 어떤 분은 냉큼 사가니 고맙지만 또 어떤 분은 "이걸 감이라고 갖고 왔어요? LA에 가면 얼마나 크고 좋은 단감이 값도 싸고 많은데…." 했다. "이걸 팔아 헌금하라고 주셔서요." 하면서 그만 울컥, 목이 메는 것을 꾹 참았다. 내 자존심만 생각하면 도저히 허락되지 않는 일이지만 이 일은 엄연히 내가 섬기는 하나님의 일이라 생각했기에 그렇게 용기가 생겼던 것이 아닌가 싶다.

어떤 이는 마지못해 사면서 구겨지고 더러운 잔돈만 주는가 하면, 어떤 이는 선교 헌금 하라고 새 돈으로 더 얹어서 주기도 했다. 난 말은 못하고 속으로 '내가 이 일을 밥벌이로 하는가? 주님의 일이라 생각하고 하지' 하면서 꼭 참아냈다. 그런데 문제는 더운 날씨에 점점 감이 물러지니까 팔기가 더욱 힘들어져 가격을 내려서 5~7달러로까지 낮추어 팔아야 했다. 어쨌든 2주 만에 판 금액 350달러를 몽땅 헌금을 했다고 하니까 그분이 놀라면서 이번엔 20상자를 팔아 자기와 반씩 나누자고 하셨다. 감이 좀 잘게 보여서 전보다 더 많이 담았다. 그래도 처음보다 팔기가 무척 힘이 들었다. 한 번 간 상점에 또 다시 갈 수는 없으니 개인 상점이나 리코 스토어까지 한국사람이 있는 곳은 샅샅이 찾아다녔다.

점점 더 물러지는 감을 주체할 수가 없었다. 나중엔 팔 곳을 못 찾아 해 질 무렵에 멀리 동쪽 버먼트에 사시는 여자 교인 집을 찾아갔다. 이만저만하고 여차여차해서…. 사정 얘기를 하니까 잠깐 기다리라고 한 후 누런 봉투에 가득 담은 연시를 온 가족 먹으라고 주면서 내가 가지고 있는 감을 다 사겠다고 두고 가라고 했다. 나는 얼마나 감사하고 또 홀가분한지 고맙다고 몇 번이나 인사를 했다. 밖은 벌써 저녁노을이 지고 검은 구름이 기다리고 있었다. 그 어둠을 헤치고 집으로 돌아오는 운전대에 비를 쏟듯 눈물이 앞을 가렸다. 그날 밤 어떻게 내가 살던 뢰드랜드 아파트까지 무사히 돌아왔는지 꿈만 같았다. 무슨 영화나 드라마의 한 장면 속의 나를 보는 것 같은 서글픔이 내 가슴을 더욱 적셨다.

결국 처음보다 훨씬 더 힘들게 그 감을 다 팔아 집에 와서 손때 묻고 구겨진 돈을 다리미로 펴서 다렸다. 그렇게 눈물겹고 힘들게 벌어 헌금을 하며 생활하는 우리 교인들의 마음속을 깊이 헤아리기도 했다. 그 달 추수감사절에 그것을 헌금하면서 얼마나 울었는지 모른다. 그 후 해마다 추수감사절이 찾아왔지만 그때만큼 그렇게 큰 감격과 감동은 다시 느낄 수 없었다. 이젠 그때로 돌아갈 수 없지만 그렇게 힘들었던 그때가 이렇게 눈물겨운 추억으로 남아 있으리라고는 예상하지도 상상치도 못했다.

지금도 해마다 가을이 되어 마켓에 가면 어떤 맛있는 과일보다 감은 내게 남다른 추억과 감회를 떠올려준다. 단감을 고르면서 하나하나 떠오르는 옛일들이 추억으로만 그치지 않는다. 감은 그 이상의 특별한 감사와 감격이 얼킨 감동의 과일로 남아 있다. 그래서인지 단지 맛으로만 먹는 단감이 아니라 감동을 함께 먹는 가장 값지고 귀한 과일로 내 가슴 속 깊숙이 새겨져 자꾸 되살아나고 있다. (2013년 재미수필문학가협회 신인상)

무거운 꽃다발을 안으며

　월요일, 직장에서 돌아온 초저녁에 상추와 남은 반찬들을 모두 섞어 한 그릇 비벼 먹고 그렇게 즐겨보던 드라마도 잊은 채 깊은 잠이 들었다. 깨어보니 새벽 세 시. 좀 더 눈을 붙였다가 이대로는 안 되겠다 싶어 다시 다섯 시에 일어났다. 거실에 전날 '재미시인협회 여름문학축제'에서 신인상 받을 때, 사우스베이 글사랑 회원들로부터 받은 커다란 꽃다발이 작은 테이블 위를 가득 메운 채 누워 있었다.

　주일 저녁에 받은 꽃이니까 꼬박 하루 하고도 반은 더 지났으니 벌써 붉은 장미꽃 가장자리 잎은 지쳐 축 늘어진 채 그만 울상이 되어 있었다. 다양한 꽃향기가 그래도 거실 안에 살아있어 다행이었다. 좀 더 시원한 물을 담은 꽃병에 넣기 전에 다시 한 번 가슴에 안아보았다. 품에 안아보니 한 9개월에서 거의 돌이 된 어린 아이를 안은 것만큼 크고 묵직했다. 꽃다발이 하도 커서 옆으로 안아보려고 굵은 해바라기는 가슴 밑으로 깔아 눕히고,

키스를 하고 싶은 붉은 장미는 왼쪽 위로 고개를 추켜세워야 겨우 닿을 수 있었으니 이렇게 어린 아기보다도 더 큰 꽃다발을 안아보기는 태어나서 이번이 처음이다.

뭐든지 처음 것은 신기하고 새롭고 귀하지 않던가. 첫 애를 안고 뽀뽀하고 만지고 쓰다듬으며 키우면서 기뻐했듯이 나의 부모님도, 그리고 조물주도 그렇게 나로 인해 기뻐하셨을까, 하는 생각이 든다. 이 무거운 꽃다발이 내게 야릇한 기분을 가져와 준다. 내가 쓴 시로 신인상을 받는 일은 예상치 못한 일이어서 가슴이 뛰고 뭉클했다. 나의 시가 조금이라도 인정받아 상을 받는 일은 사실 내게 시를 가르쳐 주신 시의 어머니가 더 기뻐할지도 모른다는 생각이 든다.

나는 어릴 때부터 시가 뭔지도 모르고 시를 읽고 썼다. 느끼는 감정을 짧게 글로 표현만 하면 다 시가 되는 줄로 알았다. 지금도 선배 시인들과 글을 써서 읽고 서로 나누며 배우고 있지만 한 번도 내 시에 만족해 본 적이 없었다. 쓰고, 읽고, 고치고 또 고쳐도 고칠 것이 또 나온다. 그런 상황에서 신인상을 받는 일은 전혀 기대하지도 않았기에 어깨가 무거워지지 않을 수가 없다. 내가 시를 잘 써서 시인이 된 것이 아니라 앞으로 시인으로 살라는 -사실 그 길은 고난의 길과 마찬가지로 마치 무거운 십자가를 지라는- 상징의 면허증을 받은 것이다. 축하를 받기는 했지만 나의 부족함을 알기에 더욱 무게가 실리는가 보다.

이번 '미주시인협회 여름문학축제'에서 강사이신 장석남 시인으로부터 나의 시 작품 분석을 받았다. 또 '시여, 지금 어디로 가시려는가'라는 주제의 강연을 듣고 시란 무엇이고 내가 어디에 있어야 시를 만나고 맛볼 수 있는지를 배우게 되었다. 요약해 보면 시란 우리가 잃어버린 영혼의 질서를 향한 그리움이어서 자연과 소통하며 공감된 감수성으로, 또 언어로 표하는 끊임없는 질문의 풍경 내지는 새롭게 맺어진 관계의 풍경이다. 이것은 흙 밑에 산이 있음을 아는, 즉 겸손함이 없이는 볼 수도, 느낄 수도, 또 그려낼 수도 없는 글이 바로 시라는 것이다.

나의 짧은 언어와 어휘로 감히 독자와 공감대를 형성하는 감동을 어떻게 자아낼 수 있을까 하는 숙제를 넘겨받은 기분이 들지 않을 수 없다. 축하의 꽃다발에 기쁨과 감격이 넘치면서도 그 보답의 길은 참으로 쉽지 않음에 조금은 무거운 꽃다발이 되지 않았나 싶다. - **2013년 7월 28일 재미시인협회 신인상을 받은 다음날**

가장 따뜻한 선물

12월은 춥지만 따뜻하다. 독감과 COVID19 후유증으로 조심스럽지만 전보다는 사람을 자유롭게 만날 수 있어 몸과 마음이 어우러지니 더 따뜻함이 느껴진다. 크리스마스, 그리고 연말과 새해를 맞을 시기가 돌아오니 자연히 선물을 생각하지 않을 수 없게 된다. 나는 오래전에 시부모님께 내가 드린 선물 때문에 몹시 부끄러웠던 때를 잊을 수가 없다.

남편이 전도사 시절, 한겨울 시부모님 뵈러 갔다. 서울에서 경북 의성 단촌으로 가는 길은 몹시도 춥고 길었다. 늦은 밤에 부모님 댁에 도착했다. 시부모님은 발이 꽁꽁 언 우리를 반갑게 맞아주시며 따뜻한 아랫목으로 인도해 주셨다. 몸을 녹인 후 나는 조그만 털양말 두 켤레를 포장한 봉투를 드리고 옆방으로 건너왔다. 그 방안 윗목에는 이미 다녀간 여러 시댁 식구들의 선물이 놓여 있었다. 비싼 영양제, 꿀, 과일, 모피코트 등…. 순간 내 선물이 너무 보잘 것 없어서 좀 더 신경을 쓰지 못한 것을 곧 후회

하게 되었다.

다음날 아침, 시부모님 방을 걸레로 닦고 있는데 시아버님께서 내가 드린 털양말을 꿰매고 계셨다. 바쁘게 시장에서 사오느라 코가 빠져 있는 것을 보지 못한 것이다. 시아버님은 놀라는 내게 이렇게 말씀하셨다. "올 겨울은 네가 준 선물로 가장 따뜻하게 지낼 것 같다." 고개를 들지 못하고 어쩔 줄 몰라 하는 내게 시아버님은 오히려 따뜻한 마음으로 선물을 받아주신 것이다. 부족하고 볼품없는 가난한 신학생 부부의 선물을 귀한 선물로 받아주신 그 마음을 어찌 잊을 수가 있겠는가.

누구에게 선물을 해야 할 때가 되면 이런 경험이 생각나서 늘 고민하게 된다. 꼭 선물을 해야 하나? 무엇을 해야 좋을까? 싫어하면 어떡하지? 너무 빈약하지 않을까? 등등. 문제는 받는 분의 마음이 아닐까 싶다. 물건의 가치보다는 선물 받는 사람의 마음 어디에 초점을 두느냐에 달려 있다. 선물을 받으시는 분들이 고인이 되신 나의 시아버님 같은 마음이라면 모두 걱정할 필요가 없을 것이다. 선물은 의무적으로 하는 것보다 그냥 하고 싶은 마음이 들 때 가볍게 하고 싶다. 선물을 주고 싶은 마음은 이미 따뜻한 마음으로 시작되고, 그 마음이 자꾸 불어서 해도 해도 또 하고 싶은 것 아닐까. 선물을 받는 사람은 선물하는 사람의 따뜻한 마음을 사랑으로 읽어주고 받아주면 감동으로 내가 다시 돌려받게 되는 것이다.

　얼마 전 지인을 방문했다가 기대하지 않았던 나물반찬과 물김치를 받게 되었다. 집에 돌아와 받은 나물로 비빔밥을 해먹었다. 어찌나 맛있게 먹었던지 나물반찬을 만들어주신 분에게 카톡을 보냈다. 얼마나 음식솜씨가 좋은지 맛있게 잘 먹었다고, 한식당에서 대접을 잘 받았다고 고마움을 표했다. 그때 곧 답장이 왔다. "전 대접을 드린 적이 없는데요." 나는 곧 다시 문자를 보냈다. "ㅎㅎㅎ, 그건 받는 사람 마음이네요."

장례식과 검정 스타킹

그날 아침은 참으로 서늘하면서도 분주했다. 오랜만에 남편과 아침 식사를 하는 중에 전화가 따르릉 울렸다. 평소에도 늘 아침에 전화가 자주 오므로 식사 도중 몇 차례 일어나는 것은 예사였다. 전화 내용은 교인 권사님이 교회 청소를 해주러 지금 오겠다는 것이다. 그 분은 늘 우리를 도우려고 애쓰시니까 나는 기쁘고 감사해서 쾌히 대답을 하고 맞을 준비를 하고 있었다. 그런데 남편은 여기저기서 오는 전화를 받느라 나갈 준비가 점점 늦어지고 있는 중에 "당신도 빨리 준비해, 오늘 로즈 힐에서 장례식이 있어 같이 가야 하잖아." 하는 것이다. 나는 그것도 모르고 아까 그 교인과 약속을 했으니…. 남편이 좀 미리미리 일정을 얘기해 주면 좋았을 텐데 꼭 당일에 이렇게 나를 당황하게 만든다고 생각했다. 그 당시 우리 부부는 여유 있게 대화할 짬도 없이 지낼 만큼 바쁘게 살았다. 난 부리나케 그 어르신께 전화를 해서 오시지 말라 하려 했지만 벌써 출발했는지 전화를 받지 않았다. 오래지 않아 어르신은 어느새 청소를 할 차림으로 우리 앞에 나타났다. 나는 하는 수 없이 양해를 구하고 그 분과 함께 장례식에 먼저 가기로 했다.

나는 사택에서 교회로 양쪽을 뛰어다니며 그 분이 검은색 옷으로 갈아입도록 내 옷장에서 찾아 드렸다. 그 사이에 나도 허둥대며 장례식에 맞는 검정색 투피스를 차려 입었다. 바쁘다 보니 대충 무릎까지 오는 검정 스타킹을 신고 나오는데 그 분이 "에스더, 스커트 뒤가 찢어진 사이로 다리 살이 드러나 보이네요. 그런 옷을 입을 때는 긴 스타킹을 신으셔야 해요." 했다. 남편은 늦어서 초조하게 기다리는데 나는 다시 들어가서 새 스타킹을 신고 나왔다. 이렇게 부산한 외출이 어디 오늘뿐이겠나.

남편이 그날 장례 순서를 맡지 않아서 그나마 참 다행이라 생각이 들었다. 하지만 늦어지는 것이 부담되고 영 찜찜했다. 시간을 못 지키는 사람이 된다는 것은 신뢰를 잃는 일이어서 점점 불안해졌다. 서둘러 달려갔으나 로즈 힐에 다 가서 길 공사 때문에 지체돼 20분은 늦게 도착했다. 막 차에서 내리려고 오른발을 내딛는 순간, 나는 다시 한 번 당황하지 않을 수 없었다. "어머, 어떻게!" 새로 신은 검은색 스타킹에 굵은 줄이 길게 나가 있어 오른쪽 다리 살이 죽 보이질 않는가? 평소에도 내 손톱은 자르기도 전에 갈라지기 때문에 잘 관리하지 않으면 찢어진 손톱 때문에 불편을 겪을 때가 종종 있었다. 난 너무나 서둘러 나오느라 손톱으로 스타킹에 금을 낸 것도 모르고 허겁지겁 차를 탄 것이다.

　나는 맨 뒷자리에 앉아 있다가 조문하러 앞으로 나가지도 못하고 뒤로 나오면서 검정색 가방으로 다리를 가리느라 애를 쓰다가 결국 들키고 말았다. "차라리 스타킹을 벗는 편이 낫겠어요." 누군가가 뒤에서 하는 소리에 놀라서 얼른 숨다시피 하며 화장실로 들어가 스타킹을 벗고 밖으로 나갔다. '검은색 투피스에 허연 다리'가 '줄이 간 검정색 스타킹을 신은 다리'보다는 낫지 않을까 싶었다. 한쪽 벽 귀퉁이에 몸을 바싹 대고 불안하게 서 있는 나를 어느새 아는 분들이 보셨는지 내 주위로 모여들었다. 나를 도와주려고 저마다 백을 뒤진다. 모두 내 다리만 쳐다보는 것 같아서 마음이 조마조마 타올랐다. "오늘따라 스타킹을 넣어 오질 않았네." "괜찮으시네요, 다리가 하얘서." "그런데 좀 춥겠다." 모두 한 마디씩 건넸다. 그러자 내가 평소에 좋아하는 지혜롭고 순발력 있으신 최 권사님이 "나는 바지를 입었으니까 괜찮아. 내 밴드 스타킹을 벗어줄게." 하시며 잽싸게 벗어주셨다. 나는 염치 불구하고 사람들이 보이지 않는 구석으로 가서 검정색 밴드 스타킹을 얼른 신고 밖으로 나왔다. 아, 정말 살 것 같았다. 시린 다리가 따뜻해졌고 그 분께는 큰 절이라도 하고 싶을 만큼 고마웠다.

　결국 그 검정색 스타킹을 받아 신고 나서야 편안히 하관 예배를 드리고 마지막 조문까지 할 수 있었다. 그 날의 장례식도, 남은 자들의 추억 어린 즐거운 담화와 저녁식사도 모두 가볍게 마칠 수 있었던 것은 내게 검정색 스타킹을 벗어주신 그 고운 마음의 어른 때문이었다. "최 권사님. 오늘 일은 정말 잊지 않을게요." 했더니 "아니, 잊어도 괜찮아." 늘 인자하시고 어머니 같으신 그 분의 대답이 그랬다. 또 한 번 가슴이 찡해 왔다. 늘 허둥대며 조심성 없이 살아온 나에게 세심한 배려와 사랑으로 당혹감과 부끄러움을 씻어준 잊지 못할 수업이 되었다. 나는 아, 오늘 같은 일은 두 번 다시 일어나서는 안 되고, 또 잊어서도 안 되겠다고 집으로 돌아오는 길에 나 자신에게 몇 번씩 다짐했다. '이젠 백에 꼭 스타킹을 넣고 다녀야지.'

목사님, 너무 무서워요

벌써 30년 전, 아침에 갑자기 다급한 목소리의 교인 전화를 받았다. "목사님, 사모님. 여기는 베이스라인 스왑미트예요. 너무 무서워요. 밖에서 총소리가 나고요, 우리는 안에서 무서워 모두 떨고 있어요. 빨리 오셔서 기도해 주세요." 여자옷 가게를 운영하고 있던 여성도의 떨리는 목소리였다. 그녀는 평소에 비즈니스 주 7일 일을 해야 해서 교회에 출석은 거의 못하는 상황이었다. 하지만 그녀는 우리와 같은 아파트 주민인 데다, 그집 아들과 우리 애들이 같은 학교 학생이었다. 얼마나 다급하고 불안했으면 지푸라기라도 잡는 심정으로 우리를 찾았을까. 다급할 때 하나님을 찾는 심정으로 목사님의 기도를 부탁하는 것은 그나마 다행이랄까.

우리 부부는 불안한 마음을 달래며 승용차를 몰고 부랴부랴 베이스라인 스왑미트로 달려갔다. 몰 입구에 여러 인종의 남녀들이 모여 있는 게 보였다. 한눈에도 심상찮은 분위기를 느낄 수 있었다. 사람들이 안쪽으로 들어가려 하는 걸 경비원들이 막아서는 상황이었다. 건물 옥상에는 장총을 멘 남자들이 왔다갔다 하며 건물을 지키느라 살피고 있었다. 마치 전쟁을 하는 듯한 살벌하고 긴박한 상황이 아닐 수 없었다.

우리는 경비원에게 다가가 신분을 밝히고 사정을 얘기했다. 그러자 경비원이 길을 터주며 몰 안으로 들어가는 것을 허락해 주었다. 큰 건물이니만큼 크고작은 점포들이 줄이어 있었다. 주로 한국인들이 경영하는 가게였다. 남녀 옷가게, 금은방, 미용기구점, 운동화, 장난감 상점, 어린이 옷가게, 99센터, 매점 등등이었다. 우리는 그 점포들을 일일이 찾아가 한 사람씩 이야기를 들어주며 간절히 기도드릴 수밖에 없었다. 두려움과 공포가 서려 있는 삶의 아픔을 들어주며 위로를 해드렸다. 손을 잡고 기도와 격려를 할 때 불안과 근심의 모습이 사라지고 눈시울이 뜨거워지며 얼굴이 환하게 펴지기도 했다. 그런 모습에 우리도 함께 감사와 감동을 느꼈다. 사실 그런 일로 심방 시간이 길어져 귀가할 때는 교통체증으로 우리 아이들의 픽업시간을 놓치기가 일쑤였다. 우리 애들보다 위기에 처한 교인이 늘 우선이었기 때문이다.

상인들은 한결같이 어머니날 대목을 보기 위해 물건을 잔뜩 사들이거나 외상으로 들여놓고 고객을 맞이할 준비를 해두었다고 했다. 그런데 갑자기 이런 변을 맞이하니 경제적인 손실뿐만 아니라 생명의 위협과 공포를 느끼지 않을 수 없는 상황이었다. LA의 4.29폭동을 계기로 동쪽으로 한 시간 거리에 위치한 샌버 나디노 카운티까지도 영향을 미친 것이다. 하긴 그 여파가 미 전역으로 미치던 시기였다. 주로 아프리칸 아메리칸과 히스패닉이 고객이었다. 그들 덕에 한인 사업주가 생계를 유지하면서 재산을 불릴 수 있었다. 그러나 로드니 킹 사건으로 백인에 대한 흑인들의 분노가 터져 나오면서 엉뚱하게 한인 상업인들에게 화살이 향했다. 곳곳에서 방화, 약탈, 상점파괴 등 심하게 피해를 당하고 있어서 상점 주인들은 밤잠을 못 자며 교대로 상점을 지켜야 했다.

교인들이 얼마나 많은 재물과 시간, 그리고 정성을 다해 사업에 투자하며 신앙을 유지하고 있는지 그때 눈으로 확실하게 보았다. 그래서 함께 그 아픔을 겪지 않을 수 없었다. 그래도 우리가 사는 지역은 LA에 비해 피해가 심하지 않은 편이었다. 재산 피해는 좀 있었지만 무엇보다 인명 피해가 없어서 다행이었다. 미국에 와서 정착하기 위해 재산을 모으고 그 재산을 생명같이 지키는 것이 일반적인 이민생활이었다. 그에 비하면 우리는 가진 물질이 하나도 없음에 또다시 감사하지 않을 수 없었다. 그 때문에 교민들의 공포에 오히려 더 미안한 감정이 생기기도 했다. 우리가 4.29폭동의 여파를 겪는 그들을 위로할 수 있는 위치에 있음을 더욱 감사를 드렸던 기억이 엊그제처럼 되새겨진다.

4.29폭동의 여파로 술렁이던 분위기가 어느 정도 가라앉게 된 후 그 일을 계기로 우리 한인 사회에 큰 깨달음이 된 것이 여러 가지 있다. 우리 한인 커뮤니티가 소수민족이라고 해서 약자로만 머물러 있어서는 결코 안 된다는 경각심이 생긴 것이다. 우리의 1.5세와 2세들이 미국 사회에 전문인으로서 적극적으로 진출하고 목소리를 높이며 실력을 쌓고 힘을 길러나가야 한다는 의식도 일반화되었다. 정치, 문화, 경제, 사회, 교육 분야 등 다양한 면에서 우수함과 영향력을 발휘하는 데 더 노력하게 되었다고 볼 수 있다. 한인들끼리 서로 연대해서 뭔가 뜻깊은 일을 하는 데 앞장서는 일도 자주 볼 수 있다. 이제는 4.29폭동과 같은 사건의 피해자가 되지 않게 강하게 대처하는 힘이 길러졌다. 우리는 그렇게 강해졌다.

사월이 오면

    사월이다. 내게는 특별한 달이다. 바로 식목일인 4월 5일은 내가 태어난 날이다. 어려서부터 나무를 심는 식목일을 나는 좋아했다. 학창시절 한국에서는 식목일이 늘 공휴일이어서 생일에 쉬는 것도 좋았고, 나무 심는 일도 좋은 일이어서 나름대로 자부심을 갖고 있었다. 또 꿈에도 잊을 수 없는 친정아버지의 기일이 4월 27이다. 사월은 여러 가지 옛일을 상기시키며 그리움을 불러온다. 마음이 착잡해지면서 지나온 내 삶을 돌아보게 만든다.

    내가 여고 3학년 때, 한창 수업에 열중하고 있을 때였다. 교실 문을 똑똑 두드리는 사무원이 선생님께 뭐라고 알리자, 선생님은 내 이름을 불러 '부친 사망'을 알리면서 빨리 집으로 가보라는 것이었다. 비보를 듣고 집으로 달려와 아버지를 부르면서 울다 지쳐서 내 방으로 돌아와 쓰러졌다. 내가 죽은 것은 아닌데 내 몸이 말을 안 듣고 움직여지지 않는 이상한 느낌이 들었다. 한참 동안 기절하여 사경을 헤매던 중에 누군가가 이마에 기도로

짚어준 힘 있는 손을 느끼며 깨어났다. 일어나 보니 평소에 기도 많이 하시는 감리교 여자 장로님이 빙그레 웃고 계셨다. 어머니는 그때 송장 둘을 치르는 줄 알았다며 긴 숨을 내쉬던 기억이 생생하다. 그 여자 장로님은 어떻게 오셨냐고 하니까 기도 중에 하나님이 박 권사 딸이 아프니 빨리 그 집에 가보라 해서 부리나케 달려왔다는 것이다. 죽은 자도 살리시는 성령 하나님은 정말이지 나를 살리기 위해 기도자의 손을 급히 사용하신 것이었다. 여리고 꿈 많던 나의 마음에 산처럼 크고 높게 자리 잡고 있었던 존재, 그 소망의 아버지를 잃은 충격이 얼마나 컸으면 기절까지 하게 되었나 싶다. 그동안 나는 그 일을 거의 까맣게 잊고 살았다.

그 이후 사월만 되면 아버지가 살아서 안방에 누워 계시는 생생한 꿈을 수년간 꾸면서 살아왔다. 특히 이민 온 후엔 이상하리만큼 아버지를 잊고 있다가도 아버지의 기일을 생각나게 하는 꿈을 꾸어 깜짝 놀랄 때가 많았다. 아마도 아버지의 육신은 장막을 벗고 돌아가셨지만, 가족을 사랑하는 아버지 영혼은 우리 가운데 늘 계시며 또 영원히 하늘 본향에 살고 계시다는 것을 깨우쳐주시는 것만 같다. 나의 생이 시작된 사월에 하나님 품에 안긴 아버지의 소천은 생과 사의 이치를 가르쳐 주는 듯하다. 그래서 사월에는 아버지가 유난히 보고 싶은 마음이 들지만 부활절이 있어 그나마 많은 위로를 받는다.

내 기억에 살아있는 육신의 나의 아버지는 항상 나이가 많아서 머리는 희고 마르시고 기침을 하시며 쇠약하셨다. 젊은 아버지를 아빠라고 부르는 친구들을 나는 참 부러워했다. 아버지는 사진 기사이자 문학과 예술을 좋아하는 멋쟁이셨다. 아버지는 늘 나에게 신문의 문화면에 나오는 시나 좋은 글 읽기를 독려하셔서 뜻도 모르면서 열심히 읽어 드리곤 했다. 아버지는 흐뭇해 하면서 음미하는 모습을 보며 나는 큰일이나 한 듯 행복해 했다. 또한 아버지는 보수적이고 엄격한 기독교 교육으로 가훈을 '아국재천(我國在天)'이라고 크게 쓴 액자를 높이 벽에 걸어놓고 늘 보게 하셨다. 이런 아버지의 신앙 고백을 그 당시 어린 나는 그렇게 큰 의미로는 깨닫지 못하고 자란 철부지였다. 이제 생각해 보니 '나의 나라는 하늘에 있다'는 '아국재천'이란 말씀이 마음속 깊이 뿌리박혀 나의 삶 속에 얼마나 큰 소망이 되었는지 모른다. 내게 많은 의미와 가치를 심어주는 뜻으로 귀하게 다가온다. 아버지가 우리 가족들에게 뿌리내린 신앙의 발자취가 결코 헛되지 않기 위해서 내 나름대로의 좋은 삶의 씨를 뿌리고 가꾸어 나가리라 다짐하게 된다.

올해도 사월은 어김없이 찾아온다. 사월이 되면 아버지가 떠오르면서 그리움이 더욱 솟는다. 내가 태어난 식목일은 그냥 단순하게 자연 환경 보호 차원이거나 지구의 앞날을 위해서 나무를 심을 수도 있다. 하지만 더 나아가 아버지의 뜻을 받들어 사

람을 심는 마음으로 '아국재천'과 같은 소망의 생명나무를 심는
일이 된다면 나름대로 감격스런 삶이 되리라 확신한다.

이것 얼마입니까?

"꽌또 에스떼?"

주로 남미계 서민들, 남녀노소, 혹은 어린애들을 줄줄이 데리고 야드 세일이나 길거리 시장에 가는 분들의 물음이다. 최고 오 달러에서 최저 이십오 센트까지 가격은 제 마음대로이다. 해마다 몇 차례는 주말에 야드 세일을 하게 된다. 새벽기도가 끝나면 간단히 아침식사를 마치고 서둘러 장을 열 준비를 한다. 미리 일기예보를 점검했기에 비가 오거나 추운 날씨만 아니면 괜찮다. 마땅한 장소를 찾지 못해 교인이 사는 웨스턴 북쪽으로 산타모니카 길가에 물건을 펼쳐놓는다.

집에서 쓰지 않는 물건과 처치 곤란한 물건들을 수거해서 싸게 팔아 좋은 일에 쓰자는 목적이 있어서다. 야드 세일은 파는 쪽이나 사는 분들에게 다 유익한 일이다. 파는 사람은 랜트 비나 세금을 내지 않고도 현금을 가져오고 물건을 처분해서 좋다. 사는 사람은 아주 싸게 필요한 물건을 제공 받으니 일거양득이다.

구경을 하다 보면 필요한 것들이 생각나는지 원하는 대로 집어간다. 상점에서는 세금까지 내면서 한푼도 할인을 못하지만 야드 세일은 다르다. 원 가격의 십분의 일, 어떤 것은 이십분의 일 가격도 안 되는 가격을 또 깎아내린다. 맘에 들면 그냥 사가는 손님이 가장 고맙다. 물건을 따로 모았다가 형편이 여의치 않은 홈리스 노인들에게 공짜로 주기도 한다. 거저 받은 물건들이니 나도 거저 주다시피 한다. 아까우면 좀 쓰다가 다시 내놓는다. 나는 속으로 '제발 많이 가져가라' 한다. 남은 물건 쌓아두었다가 또 들어내려면 여러 사람 힘들기 때문이다. 이십오 센트라도 내고 가면 고맙다 생각하니 마음이 여유로워진다. 비싸게 주고 사서 애용하던 물건을 내주신 분들에게는 참으로 미안해진다. 보이지 않는 가치와 더 많은 값을 부여해 주고 싶어지기 때문이다.

물론 이런 일도 세상사의 일부라 얄궂은 상황이 펼쳐지기도 한다. 하루는 좀 늦게 나갔더니 우리가 늘 이용하던 장소에 남미계 할머니가 자기 물건을 늘여두고 있었다. 마치 자기가 렌트한 듯한 태도였다. 좁은 길가에 상인들이 늘어나서 생겨나는 일이라 아무 소리 않고 외딴 곳으로 자리를 옮겼다. 생존경쟁이 이런 것일 수도 있다는 것을 느끼면서 이제는 사이좋게 물건을 판다. 서로 파는 물건의 종류나 질이 달라서 서로 필요를 채워가며 공존하는 것이다.

때론 한 시간 이상을 아무것도 팔지 못하고 팔짱을 끼고 앉아

햇볕을 쪼일 때도 있다. 지나가는 행인조차 보이지 않을 때엔 스마트 폰을 꺼내본다. 잠시 노래를 듣고 있노라면 갑자기 나무 위에서 새들도 들었는지 여러 마리가 한 번에 짹짹짹, 쪼쪼로록 하면서 합창을 한다. 졸음이 달아나고 바람이 살살 나를 건드린다. 바닥에 널려 있는 옷들은 흔들며 먼지를 털어주면 비닐 백 속에서 숨도 못 쉬고 빼곡히 눌려 있던 옷들이 마음껏 몸을 펴고 낮잠을 자는 것처럼 보인다. 그러다가 어떤 주인에 눈에 들기라도 하면 신나게 그 손에 들려 팔려간다. 나도 덩달아 신이 난다. 참 재미가 있다. 내 눈에는 입을 옷이나 쓸 물건이 못되는 것 같아도 가치를 알고 필요로 하는 주인 눈에 들기만 하면 잡아내서 무엇이든지 돈을 지불하고 가져가니 얼마나 고마운지 모른다. 산 물건을 잘 쓰고 있다든가, 내게서 산 옷을 입고 나타나 보라는 듯 뽐내며 지나가면 더없이 고맙고 기뻐지는 기분은 왜일까.

  야드 세일을 하면서 난 여러 가지 생각을 하게 된다. 저 널려진 물건도 주인이 사거나 팔 때에 가치가 있어 기분을 바뀌게 한다. 나란 존재는 혹 재고품 같아 돋보이지 않을지라도 내 생명의 주인은 과연 나를 얼마로 계수할까? 물건처럼 누구에게 다시 팔지는 않겠지. 혹 내가 쓸모가 없게 되면 버리실까? 엉뚱하게 이런저런 생각을 하며 구름 한 점 없는 하늘을 올려다본다. 아니 나를 영원히 버리지는 않으실 거야. 난 가격을 매길 수 없는 아주 귀한 존재라고 믿고 있으니까.

바닷가 바위처럼

큰아들이 바닷가에서 여친과 데이트하며 함께 찍은 사진을 보여준 일이 있었다. 아름답고 멋졌다. 젊음 그 자체로도 충분히 보기 좋았다. 나도 젊은 시절이 그리워져 멋진 데이트를 하고 싶어졌다. 주말을 맞아 남편과 함께 산타모니카 해변으로 향했다. 소풍갈 때의 들뜬 애들이 된 양 우리는 모처럼 즐거운 외출로 마음을 모았다.

복잡하고 갑갑한 도시를 잠시 벗어나 끝없이 넓은 바다가 보이자 금방 막힌 숨이 트이듯 가슴이 활짝 열리는 기분이 들었다. 우리는 손을 잡고 걸었다. 그날은 날씨가 영 찌뿌둥하고 검푸른 바닷물에 잿빛 하늘로 진을 친지라 해는 얼씬도 않고 보이질 않았다. 오히려 너무 눈부시지 않아서 바닷가를 오래 거닐며 산책할 수 있어서 좋았다. 모래사장을 한참 거닐다 보니 많은 사람들이 그들의 이름이나 여러 가지 특이한 모양들을 그려놓고 지나간 흔적을 볼 수 있었다. 파도가 때론 지워놓기는 했지만 그런 대로 남아 있는 모양들도 재미있게 보였다. 바다 멀리서는 몇 마리의 물개가 나왔다 들어갔다 하며 우리를 놀리는 양 재롱 피우는 것도 보였다. 또한 하늘을 자유자재로 날며 떼를 지어 노는 갈매기들도 평화롭고 멋있게 보여 한참 하늘에서 시선을 떼지 못하고 함께 즐겼다.

우리는 걷던 해변으로 다시 돌아와 어디 쉴 곳이 없나 찾다가 바위가 많이 모여 있는 곳을 발견했다. 좀 앉아서 쉬었다 가고 싶어서 쉴 만한 바위를 찾아보았다. 바위들이 셀 수도 없이 많았다. 울퉁불퉁 못난이, 뾰족산, 매끄럽고 다양한 돌덩이, 덩치만 큰 넓적한 판자, 밟기도 미안한 예쁜 차돌바위, 구멍이 뽕뽕 뚫린 곰보판, 의자처럼 평평한 돌판, 어른처럼 점잖게 앉아 있는 듯한 할아버지 바위, 손자들처럼 귀여운 오목조목한 돌덩이들…. 얼마나 희귀한 모양들이 많은지 구경하느라 시간 가는 줄 몰랐다. 우리는 마치 어린애들처럼, 신기해서 처음 보는 물건들에 손짓을 하며 놀라움을 표했다. '어머 이런 모양도 있네. 저것 좀 봐. 어머 이건 또 뭐야?' 하면서 감탄을 연발했다. 그러다 호기심에 나무로 만든 다리 밑에까지 이끌려 내려가게 되었다. 그곳엔 파도가 뿌려주는 습기에 초록 이끼로 수를 놓은 바위, 노란색, 혹은 벽돌색의 예쁜 바위들이 깔려 보란 듯이 숨을 쉬고 있었다. 파도가 찰싹, 철썩 수없이 후려쳐도 끄덕 않고 더욱 매끄럽고 윤기 흐르는 자태를 뽐내고 있었다. 우리는 그 매끄럽고 커다란 바위를 밟아보고 앉아서 한참 지켜보았다.

그동안 한 번도 관심이 없었던 볼품없는 바위일 뿐인데 그날은 오직 바위에게만 집중적으로 관심이 갔다. 바닷가에 자주 나오지는 않았지만 이렇게 바위가 새롭게 보인 적은 없었다. 마치 우리네 인생의 다양한 연륜을 보듯, 많은 생각을 하게 되었다. 이 바위의 나이는 몇일까, 얼마나 파도에 센 매를 맞으면 이렇게 총알에 맞은 듯한 구멍까지 생기면서 패이었을까. 조각이 따로 없었다. 도대체 누구의 작품인가. 모두 다 다른 저 모양과 색. 얼마나 단단하면 바위가 이렇게 오래도록 존재할까, 바위에게 물어볼까….

거의 40년을 넘게 함께 살아온 남편이 때론 바위처럼 단단하고 든든하다는 생각을 해본 적이 많았다. 남편이 워낙 심지가 굳고 꿋꿋해서 좀처럼 흔들림이 없는 바위같이 느껴질 때가 있었다. 그래서 살면서 좀 융통성이 없고 답답하여 손해를 많이 보는 것 같아 내가 더 힘들게 살지 않나 하는 생각을 한 적도 있다. 그런 남편에 비하면 나는 귀가 얇고 너무나 여린 갈대다. 인정에 끌려 결정을 잘 못하는 편이다. 그래서 바위 같은 남편이 이끌어주고, 버팀목이 되어주어 융화를 이루며 지금까지 잘 살아온 건지도 모른다.

그런데 언젠가는 기대고 의지할, 눈에 보이는 대상이 없어진 다면 저 바위처럼 든든히 혼자 서야 할 텐데 어떻게 하면 나도 저 바위처럼 살아갈 수 있을까 하는 생각이 든다. 파도는 쉬지 않고 바위를 후려치건만 오히려 매끄럽게 다듬어지며 지탱하는 바위는 정말 대단하다. 나는 살짝 흔들어주는 바람결에 스치어 도 파르르 떨듯 예민하게 반응을 하는 여인일 뿐이다. 매일 수천 번, 수만 번을, 아니 셀 수도 없이 오랜 세월 동안을 저렇게 얻어 맞아도 끄떡 없이 묵묵히 버티는 저 바위처럼 산다면 세상살이 문제 해결을 못할 리가 없겠다는 생각을 해본다.

Bridal Shower

2016년 5월, 둘째며느리가 된 제인이 브라이덜 샤워(Bridal Shower)에 딸이 없는 나를 배려해서 초대했을 때 선뜻 대답을 못했다. 브라이덜 샤워에 대해 안 좋았던 기억과 선입견이 앞섰기 때문이다.

여자 친구들만의 모임으로 알았는데 다행히 친정어머니도 오신다고 해서 안심하고 얼바인 15 스웻쉐도 공원 안에 큰 홀을 찾아갔다. 제인이 좋아하는 주황색 옷을 입고 오라는 통보가 있어서인지 입구로부터 온통 주황색 풍선과 아름답고 섬세한 소품으로 장식되어 있었다. 단정하고 정성껏 준비한 모습들이 엿보여 신부에게 줄 선물과 축복의 메모지를 예쁘게 꽂아놓고 실내를 둘러보았다. 시간이 좀 지나자 그녀의 친구들이 하나둘씩 더 몰려들었다. 처녀 친구들과 이미 만삭이 된 친구들까지 주황색 옷으로 치장을 하였다. 아기엄마가 된 친구는 아이들조차 주황색 티셔츠를 입혀 센스 있고 귀여운 모습을 보여주었다. 다과를 먹는 동안 점점 활기가 넘치는 젊은 여성들의 눈과 귀가 반짝였다. 다양한 웃음소리와 이야기소리는 은은한 음악소리에 어우러져 높낮이가 자연스럽게 조율되고 있었다.

　그때 흰 원피스를 입은 제인과 친정어머니가 들어오시니 모두 환영을 하며 파티가 시작되었다. 그의 백인 친구가 활기 있게 유창한 기도로 시작하며 진행했다. 이어 커다란 화장실 티슈 백을 가져온 후 그것으로 신부치장을 하는 경연이었다. 다섯 명의 처녀에게 친구들이 그룹으로 나누어 아름다운 신부 모습으로 꾸며주는 일이다. 오직 하얀 두루마리 화장지로만 옷을 만들어 입히고 부케에 머리 화관까지 씌우는 창의력을 발휘했다. 주인공 제인이 그중에 제일 마음에 드는 아름다운 신부 하나를 뽑아 그 이유를 말하고 상을 주는 놀이다. 내게는 아주 이색적이고 재미있는 구경이 되었다. 마지막으로 친구들의 선물을 일일이 풀며 공개했다. 신부에게 필요한 의류나 주방용품으로 재미있는 선물이 공개될 때마다 웃음꽃이 피고 박수도 치며 사진을 찍고 즐기는 모습을 보니 흐뭇했다. 그 시절 한국에서는 상상도 못하던 일이어서 이국땅에서 너무도 다른 문화권에 사는 나를 새삼 돌아보게 했다.

　파티를 구경하면서 줄곧 내 머리에서 지워지지 않는 또 다른 신부샤워가 떠오르는 것을 지울 수가 없다. 작년 이맘때 "에스더는 꼭 와야 해, 남편은 빼고."라는 초대에 응했던 일이다. 베이비 샤워는 내게 익숙하게 들리지만 '브라이덜 샤워'는 좀 생소하게 들렸고 한 번도 참여해 보지 못했기 때문이다. 한 직장 안에서 오랫동안 싱글 맘으로 지낸 아프리칸 아메리칸 상사, S의 재혼을 앞두고 여는 신부 파티다. 그래서 깜짝 선물을 준비해서 위로하고 아쉬움을 풀며 베풀어주는 축하잔치로만 상상을 한 것이다.

찾아간 곳은 집에서 멀지 않은 LA 한인타운이었다. 건물 안에는 여러 종류의 다양한 카페와 상점, 사무실과 노래방이 있었다. 그것은 내게 낯설고 음침한 기분마저 들었다. 이미 약속을 했기에 참석은 해야 했다. 먼저 도착해서 노래를 부르는 외국인 직원들이 나를 반겨주었다. 한참동안 각자 좋아하는 팝송과 컨트리 뮤직, 그리고 한국노래까지 선곡해서 부를 수 있었다. 이어서 드레스를 입은 주인공 S가 행복한 표정으로 들어왔다. 뒤늦게 직원들이 더 참여해서 화기애애한 분위기가 고조되고 있었다.

파티 같은 분위기가 전혀 들지 않아서 시무룩하게 구경만 하고 있을 그때다. 갑자기 사이렌 소리가 울리더니 웬 남자가 소방대원 옷차림에 가방을 들고 나타났다. 방안에 타는 냄새도 없었는데 왜 이 남자가 들어오는지 난 의아해졌다. 그러자 옷을 위부터 하나씩 벗어던지더니 야한 부분만 주머니로 씌우고 달려든다. 모인 직원들은 환호성을 지른다. 너무도 탄탄한 근육질의 젊은 아프리칸 남성은 신부 될 사람이 의자에 앉자마자 따라 앉으며 목과 가슴을 더듬기 시작한다. 신부가 눈이 동그래져 놀라면서도 꼼짝 못하고 있다. 나는 그가 신부의 남편이어서 깜작 쇼를 일으킨 줄 알았다. 몇 분 후 차례차례 용기 있는 여성부터 자원해서 그 신부 자리에 앉는다. 같은 방법으로 위로부터 아래까지 더듬으며 만져주기 시작하니 여자는 넋이 나간 채 축 늘어져 있다. 또한 직원이 바닥에 자리를 깔아주니 신부가 벌렁 누워 있었다. 나는 도저히 두 눈을 뜨고 볼 수가 없었다.

몇 명이 거쳐간 후 이번엔 건장한 백인이 같은 소방대원 차림으로 들어왔다. 역시 직원들은 환호성을 지르며 경악한다. 또 한 사람씩 끌어내어 앉히려고 한다. 앉을 때마다 팁인지 돈을 꽂아주기도 했다. 직원들은 내 이름을 부르며 빨리 나오라고 한다. 난 한국인 여자상사 옆에 꼭 붙어서 움직이지 않고 그녀의 팔에 고개를 팍 숙여버렸다. 순간 내가 올 곳이 아니었다고 생각했다.

내가 왜 그런 광경을 보고 있어야 하는지 도무지 속이 상하고 비위가 상해서 빠져나갈 궁리를 했다. 화장실에 간다고 문을 박차고 나왔다. 밖은 벌써 어둑해져서 내가 왔던 빌딩의 복도조차도 어디가 어딘지 구별이 되지 않았다. 카운터 직원에게 화장실이 어디인지 물어 한참을 찾고 있는데 S가 어느새 나를 따라오며 "에스더, 어디 가니?" 하면서 자기를 따라오라고 한다. 화장실에 갔다가 들어가겠다고 안심을 시키고 난 줄행랑을 치듯 밖으로 뛰쳐나와 주차장 쪽으로 겨우 빠져나왔다. 그때 소방대원 옷을 입은 그들이 일을 마치고 현관 밖으로 유유히 걸어 나오고 있었다.

어둠을 헤치고 덜덜 떨리는 가슴을 안고 어떻게 운전을 하고 집에 돌아왔는지 그날 밤 그 충격에 잠을 편히 잘 수가 없었다. 다시는 절대로 가지 않으리라. 몰라서 간 것뿐이고, 난 잘 빠져나온 것이라고 스스로 위로하며 남편에게는 아무 얘기도 하지 못했다. 주말이 지나고 월요일 아침에 출근했을 때 S는 이렇게 말했다. "에스더에게 미국문화에 이런 것이 있다는 것을 단지 알려주고 싶었다." 아무도 미리 그 내용을 얘기해 주지 않으니 그냥 여자들만의 아쉬움을 나누며 축하해 주는 모임으로만 추측한 내가 더 한심스러웠다. 나의 태도가 외국 직원들 사이에 벌써 소문이 났는지 아프리칸 남자 직원이 넌지시 내게 말했다. "에스더, 너 결혼한 것 맞아? 어떻게 애 둘을 낳았어?"

지금까지 미국에서 40년 이상 살았지만 한국식 가정생활만을 해온 내가 미국문화를 얼마나 접하고 알겠는가. 다만 이런 문화도 있다는 것을 뒤늦게야 직장에서 배운 것으로 끝내자. 다양한 문화를 몰라서 속은 셈치고 그 일은 성 불감증 환자의 치유법이라 생각하자. 그러나 순간 우리의 자녀들도 자라면서 이런 문화를 어떻게 받아들였을지 아찔해진다.

　제인의 순수하고 건전한 신부샤워 덕에 앞서 지켜보았던 '브라이덜 샤워'에 대한 불쾌한 선입관을 좀 더 벗을 수 있었다. 신혼과 재혼의 차이이기도 하지만, 나라마다 다른 문화를 인정하고 받아들이기가 지금도 내겐 참 쉽지 않다. 가치관이 바로 서 있다면 어떤 상황이라도 선택하고 분별해서 지혜롭게 대처할 수도 있을 것 같다. 그러나 앞으로 우리의 후세대 그 이후에도 계속 당면할 다양한 문화충격(culture shock)을 남의 일이라 생각할 수만은 없지 않은가.

제1부   수필 2

나를 돌아보며

손거울

　전에 받은 크리스마스 선물 중에 내 마음을 사로잡은 물건 하나가 있다. 그것은 노란색의 예쁜 복주머니와 함께 들어 있는 작은 손거울이다. 겨우 얼굴 정도 비추기에 알맞은 크기이지만 뒷면의 고운 꽃무늬 장식에 절로 손을 뻗었다. 얼마 후 동생에게 줄 선물로 거울 생각이 났다. 내 동생이 이 손거울을 보면서 자기 얼굴을 바로 비추어 보고 화장법을 고치게 된다면 정말 좋겠다는 마음이 자꾸 들었다. 정말 동생에게 적합한 선물이 될 것 같은 생각에 다시 예쁘게 포장을 했다.

　장애가 조금 있는 동생은 언제 봐도 모든 면에 좀 불안정하다. 어깨는 한쪽이 좀 처져서 걸음걸이도 바르지 못하고 옷을 입어도 늘 단정치가 못해 볼 때마다 눈살이 찌푸려진다. 입술연지도 깔끔하게 제대로 바른 적이 드물어 누군가 말해 줘야 겨우 고친다. 눈썹은 숯덩이처럼 시커멓고 굵은 붓으로 찍어 놓은 듯 옆으로 삐죽삐죽 나와서 지워주며 다시 손질해 주고 싶어진다. 말하

면 잔소리로 듣고 싫어하는 것 같아 말을 못하고 망설일 때도 많
다.

　그런 동생은 신기하게도 그림을 잘 그린다. 특히 얼굴 스케치
를 할 때는 손도 빠르고 집중도도 높다. 그리는 얼굴마다 개성이
드러나 누굴 그렸는지 금세 짐작할 수 있을 정도다. 잘 그렸다고
칭찬을 해주면 더욱 신을 낸다. 그러나 나는 동생의 엄마가 아니
라 언니라 결국 이런 말을 하고야 만다.
　"그림은 잘 그리는 애가 어찌 자기 얼굴 화장은 반듯하게 못하
냐?"
　그러면 동생은 어김없이 화를 낸다.
　"언니 눈에는 어떻게 그런 것만 보여?"
　동생 말이 맞기는 하다. 나는 동생의 외모를 보면 못마땅해서
어떻게든 내 스타일로 고치려 한다.

　주말에 동생을 찾아가서 만났다. 내가 아끼던 그 손거울을 선
물하고 싶어서다. 거울을 매일 비춰 보면서 동생이 깔끔하고 단
정한 여자가 되기를 바라는 마음이 앞섰다. 동생에게 이 거울은
절대로 잃어버리지 말고, 다른 사람 누구에게도 주지 말고, 가방
에 잘 넣고 다니면서 하루에도 여러 번 꺼내어 보라고 단단히 일
러두었다. 나는 동생이 가야 할 곳까지 태워주려고 동생을 차에
태웠다. 동생은 차 안에서 고맙다며 손거울을 꺼내어 열심히 들

여다본다. 나는 운전을 하면서 백미러로 동생이 거울을 요리조리 보는 모습을 보고 내심 흐뭇했다.

이 거울이 과연 동생에게만 그렇게 필요한 것이었을까? 혼자서 집으로 돌아오는 길 내내 거울이 필요한 사람은 바로 내가 아닐까 하는 생각이 계속 나를 찌른다. 서로 다른 환경과 바쁜 일상을 살아가다 보면 불안정한 옷차림, 비뚤어진 화장, 그리고 신체적인 건강상태에 따라 저는 걸음걸이도 있을 수 있는 게 아닌가. 나는 그렇게 완전해서 거울을 안 봐도 척척 똑바로 잘 해 나가고 있는 사람처럼 상대방의 겉모습만 보고 못마땅해서 지적만 하는가? 정작 나는 지적당하기를 제일 싫어하면서…. 외모만 비추고 바로잡아주는 거울 외에도 내면을 비춰볼 수 있는 마음의 거울이 있음을 왜 난 모르고 사는가? 언젠가 교만이란 단어의 뜻이 '다른 사람은 그 사람에 대해서 다 아는데 그 사람만 자기 자신에 대해 모르고 있는 것'이라고 한 풀이가 유난히도 생각나는 순간이다.

그 일이 있은 후 동생은 조금씩 화장법이 달라져 보였다. 손거울 덕일까 아니면 나의 말에 자극을 받아 마음으로부터 고친 것일까? 생각해 보니 나도 그동안 인간관계를 맺고 살아온 중에 잘못한 일들이 자꾸 떠오른다. 나는 동생보다 더 예쁘지도, 뛰어나게 잘 하는 것도 없으면서 동생이라고 마구 대하고, 내가 동생과 얼굴이 닮았다는 말만 들어도 화를 냈다. 내가 철없고 무지해서 빚어진 언행의 실수라든가 상황 판단이 안 되어 발끈 화부터 내었던 일, 나의 잘못을 시인하기보다는 핑계부터 찾았던 일 등 미숙한 나를 다시 바라보며 깊이 뉘우치게 된 것이다.

결국 동생의 외모를 고치고 싶어 선물한 손거울이 나의 마음을 더 들여다보게 되었으니…. 새삼 내 주위에 나의 잘못을 지적해 주던 많은 사람들이 나를 바로 보도록 비추어주는 손거울이 아니었나 하는 생각이 든다. 이제부터라도 가장 가까이에서 나를 보고 있는 나의 가족과 친구, 그리고 선배들의 조언과 글을 나의 손거울로 삼아 내면의 나를 더 다듬어가겠다.

치유의 강물은 흐르고

소풍을 가는 설레는 마음으로 아파트 문을 나섰다. 가을 하늘이 나를 기다리고 있었다. 탁 트인 창공에 시선을 주며 심호흡을 했다. 시원한 바람이 나를 쓸어안는 듯 반겨주었다. 35년 전 낯선 기대를 안고 동생들과 함께 이민을 향해 가던 발걸음에 어찌 비하랴. 지난 10월 6일에 남편과 함께 모국방문을 나선 것이다. 꿈같은 여정이기에 가슴은 뛰고 벅차기만 했다.

주말을 끼고 총 보름간의 휴가를 내었다. 의정부에 사는 둘째 오빠 댁에 들어가 짐을 풀고 단잠에 빠져들었다. 초청자의 특별 배려로 우리는 산본으로 먼저 가게 되었다. 보내준 차편에 몸을 싣고 내다본 고국의 거리는 낯설기 그지없었다. 누군가 도와주지 않으면 찾아가기 힘든 길이며 도시였다. 비가 내렸는지 촉촉한 차창 밖은 벌써 하루를 잃어버린 것 같은 저녁시간이었다.

산본에 있는 선한목자교회에서 사경회를 마쳤다. 그 다음 우리는 남편의 고향을 찾아갔다. 풀냄새가 확 들어오는 경상도 의

성 단촌의 향취는 여전했다. 너무 어두워지고 오랜만이어서 남편은 수양누님 댁도 잘 찾지 못했다. 차편을 제공하며 함께한 친구 덕분에 다시 제천으로 향했다. 시부모 대신 시누이 내외가 반겨주어서 숙식을 제공받고 포근함을 누렸다. 시누이는 내 남편을 유심히 보더니 "어쩜 이렇게 아버지와 꼭 닮았니!" 하셨다. 형제자매의 얼굴에서 부모님을 뵈듯 하는 것은 그리움이 앞서서일 것이다. 제천에 볼 것이 많으니 구경하고 가라 했지만 아쉬움을 남긴 채 발길을 옮겨야 했다.

　다시 작은시누이가 사는 서울로 올라온 주일, 남편 친구 매형의 비보를 들었다. 다음날 아침에 여수로 가려던 계획을 미루고 성모병원에 들른 후 용인으로 향했다. 한국 방문 중 이곳에 갈 것을 생각이나 했겠는가. 나는 모든 일이 계획대로 되지 않아도 순응해야 하는 현실을 겸허히 받아들였다. 그곳에서 함동수의 시 「지는 꽃」이 눈에 확 들어왔다. '꽃이 피는가 돌담 곁에 장미 한 송이 탐스럽게 피는가 수고했다 꽃 한 송이 피는 동안 얼마나 많은 수고로움이 얼마나 많은 바람과 햇빛이 쓰다듬었느냐 찬란한 꽃 한 송이 그것만으로 세상의 아름다운 뜻 충분했다 국화향 퍼지는 저물녘 꽃 한 송이 허물어지는가 수고했다 수고했다 그간 수고했다 꽃 지고 나니 향기 자욱하구나.' 용인 평온의 숲엔 꽃처럼 살던 어느 누구라도 언젠가 이렇게 누울 수 있겠구나 하는 생각이 들어 착잡했다.

다음날은 아버지를 대신할 만큼 정신적으로 든든한 버팀목이셨던 서울 큰오빠 댁으로 향했다. 큰올케는 내 소녀시절부터 지금까지 롤 모델로 내 마음속에 자리 잡아 있는 아름다운 분이다. 오빠는 은퇴하시고 노인담당 사역으로 뒷전에서 교회를 돕고 계셨다. 80을 바라보니 전처럼 활달하게 일하지는 않지만 건재하신 것으로도 충분히 든든하고 감사할 따름이다. 이틀을 묵으며 철없이 마음껏 떠드는 나의 얘기를 다 들어주셨다. 올케언니의 "고모. 이민 잘 갔어. 근데 어머니와 똑같아."라는 말씀에 귀가 번쩍 뜨였다. 내가 친정엄마의 모습인 것을 어찌 감추랴. 그래도 함께 식사하고 얘기 나누며 편히 쉬고 사랑을 받으니 그동안 쌓였던 이민의 짐을 덜어놓은 듯 마음이 가벼워졌다.

다음날 아침 새사람수련원이 있는 안성으로 향했다. 수목이 단풍으로 물들어가는 숲, 그곳에 부모님의 유골이 안치되어 있다. 우리 8남매 이름과 부모님 사진을 보자 울컥, 하고 눈물이 나왔다. 잠시 묵념을 하며 '저를 있게 해 주셔서 고맙습니다. 동생들은 제가 보살필게요. 염려 마세요.'라고 아뢰었다. 눈을 뜨고 앞에 있는 사진을 보는데 둘째아들 어릴 때 사진이 눈에 띄었다. 내가 언제 오빠에게 우리 아들의 사진을 보냈을까 깜짝 놀라서 물어보니 큰오빠 어릴 때 사진이라고 한다. 돌 때 찍은 사진이 어쩌면 그렇게 같을 수가 있을까. 외탁의 혈통도 이렇게 이어짐이 참으로 신기했다.

둘째 주 수요일에는 여수행 비행기를 타고 무릎을 수술한 둘째시아주버님을 뵈러 애향병원으로 향했다. 거의 이십 년 만에 뵙는 분이어서 반가워하셨다. 아주버님의 노랗게 야윈 모습은 시어머님과 많이 닮아보였다. 물리치료를 하는 동안 둘째형님은 우리를 손양원 목사의 기념관으로 안내하셨다. 말로만 듣던 분, 아들을 죽인 원수를 아들 삼으신 사랑의 원자탄, 그 분의 기념관에서 '아홉 가지 감사문'을 가슴 절절하게 읽을 수 있었다. 그 어느 누구도 흉내 낼 수 없는 사랑의 실천자이며 신앙인임을 어찌 존경하지 않을 수 있을까. 가슴이 찡해 왔다.

다시 오산에 있는 셋째오빠를 만났다. 요양원이었지만 외로운 오빠에게 조금이라도 위로가 되고 싶었다. 식사를 한 후 예쁜 단풍이 있는 의자에 앉아 사진을 찍었다. 건조한 LA의 팜 추리 거리와는 너무도 비교가 되었다. 나도 모르게 작고 실한 단풍을 따서 연민을 담아 수첩에 끼워놓았다. 위로가 필요한 오빠가 사는 그곳이 공기도 좋고 운치가 있어 참 다행임을 확인시켜 드렸다. 그리고 막내동생이 사는 대전으로 향했다. "누나, 애들 다 장가 갔으니 이제 한국에 나와 살면 안 돼?" "내가 언제까지 너와 함께 있을 수 있다고 생각하니? 마지막까지 너와 함께 있어야 할 사람은 네 부인이야. 제발 오순도순 잘 살아라." 막냇동생은 아직도 엄마처럼 따뜻하게 마냥 품어주는 사랑을 그리워하는 철부지로 보였다. 동생에 대한 사랑과 염려는 늘 내게 숙제처럼 남겨진다. 정을 더 나누지 못하고 아쉽지만 발을 떼어야 했다.

　같은 대전에 사는 막내시동생 집에 들러 하룻밤을 보내고 급히 서울로 올라왔다. 바삐 다니느라 먼저 뵙지 못한 큰아주버님을 뒤늦게 만났다. 오자마자 찾아뵙지 못한 점이 미안했는데 함께 머물지 못한 아쉬움과 섭섭함이 쏟아져 나왔다. 우리가 너무 늦어 시부모님 산소에 가서 벌초하지 못한 것과 기일을 지키지 못한 죄인이 되었다. 못내 헤어짐이 아쉬웠는지 "다시 한국에 와서 살 생각은 없니? 그래도 이다음에 내 나라 땅에 묻혀야 하지 않느냐?" 하시는 말씀에 밤새 혼란스러웠지만 한번쯤 다시 생각해 봐야 할 문제인 것 같아 가슴에 담아두었다.

　이튿날 아침 출국하기 위해 서둘러 공항으로 갔다. LA행 티켓팅 줄에 섰다가 가장 중요한 여권과 티켓을 넣어둔 컴퓨터 가방을 싣지 않았음을 알게 되었다. 다급해진 우리는 아찔했다. 촉각을 새워 손아래 시누에게 찾아오도록 부탁을 해놓고, 비행기를 놓치면 우리가 어떻게 대처해야 할 계획들로 머릿속이 복잡했다. 초조하게 기다리며 만감이 교차되는 순간 접수 1분 마감도 지난 후에야 달려가서 극적으로 비행기에 탑승했다. 안도의 숨을 돌리고 나니 막냇동생이 떠올랐다. 급히 전화를 했다. 어린 제자와 사는 남동생의 결혼생활이 늘 염려스러웠기 때문이다. 의외의 동생의 말. "누나, 와줘서 참 고마워. 잠깐의 만남이었지만 우리가 잘 풀려가. 난 누나가 좋아."

　바로 이거였다. 힘들고 외로울 때 너와 내가 받아야 할 치료
는 바로 만남과 소통이었다. 특히 멀리 모국에 떨어져 있던 가족
들과의 짧은 만남과 대화는 아쉽지만 그 자체만으로도 감동이며
행복이다. 그리고 뗄 수 없는 끈끈한 사랑으로 이어져 보이지 않
게 치유의 강물은 여전히 흐르고 있었던 것이다.

시카고의 또 다른 추억

10월 초, 뜻밖의 선물을 받았다. 시카고 여행을 하게 된 것이다. 시카고에 처음 간 것이 14년 전 친구의 큰아들 결혼식이 있던 때였다. 이번에는 사우스웨스트 항공과 하이아트 호텔을 모두 무료로 이용했다. 신용 혜택을 받은 것이니까 결국은 아들이 지급한 대가인데도 공짜 같은 기분에 몸과 마음이 날아갈 듯했다. 바쁜 중에도 먼 길을 달려와 변함없이 반겨주고 대접해 준 친구 부부가 있어서 참으로 다행이었다. 덕분에 시카고의 밤거리를 거닐며 LA보다 훨씬 안전하게 아름다운 도시의 야경을 즐길 수 있었다.

둘째 날, 남편 쪽 지인이 우리를 안내해 주셨다. 우리는 이층버스(Big bus)를 타고 시카고 시내를 2시간 동안 돌았다. 친구의 말대로 시카고 도시의 건축양식은 특이하고 단단해 보였다. 건물 하나하나가 똑같은 모양이 하나도 없이 새로웠다. 어떤 것은 마치 성냥갑을 쌓아올린 모형 같고, 레고 장난감으로 빚어

낸 조각처럼 빌딩의 숲 같았다. 외국에서도 건축양식과 예술성을 견학하고자 몰려온 실습생들과 관광객들로 붐비는 모습이었다. 신혼여행지로도 최근 시카고를 선호하는 경향이 많다고 한다. 도시 밖으로는 미시간 호수가 강처럼 바다처럼 넓었다. 안으로는 빽빽하고 높은 빌딩으로 가득 차 있었다. 특히 눈에 띄었던 것은 큰 글자로 '트럼프(TRUMP)'라고 표기된 건물과 그 옆에 있는 옥수수 빌딩이었다. 옥수수 알 하나하나가 따로 떨어진 모양 속에 차들이 주차된 빌딩이 아주 인상적이었다. 구경하는 동안 비바람도 맞아보고 버스에서 제공한 우비도 입고, 잘 알아듣지도 못하는 관광 안내를 듣다가 너무 추워서 버스의 아래층으로 피신하기도 했다.

두 시간 후 버스에서 내려 걷다가 기도하는 걸인을 보게 되었다. LA 타운 내에 살면서 수없이 보아온 노숙자들과는 좀 다른 모습이었다. 조그만 통을 앞에 두고 두 손을 모으고 머리를 조아리며 무릎을 꿇고 기도를 하는 것 같았다. 구걸하기가 미안해서일까, 염치가 없다고 느껴서일까. 그 모습이 그저 측은하고 겸손해 보이기까지 해서 빈 통 안에 1달러 지폐를 넣어주고는 나도 모르게 그 걸인의 등을 톡톡 두들기며 'God blessed you!'라고 속삭였다. 행인들이 나를 더 이상하게 보는 것 같았다. 사실 LA 걸인들에게는 동정을 베풀 여유가 그렇게 없었는지 모르겠다.

마지막 날은 지도를 보고 걸어서 밀리리움 공원에 도착했다. 거울처럼 속이 비치는 아주 커다란 콩 모양의 바다(bean of sea)를 보았다. 바닷가의 모래사장에 몰려 있는 기분이 들었다. 너무도 특이하고 신기한 모양이어서 나는 아이처럼 두 팔을 벌리고 감격의 자세를 취했다. 그 주위를 걷다가 박물관이 있어 들어가려고 줄을 서서 기다리는 동안 별난 드럼 보이를 보게 되었다. 커다란 양동이 하나를 엎어서 다리 사이에 끼고 둥글고 가는 막대기 두 개를 갖고 '쿵작쿵작 쿵자작 작작' 하며 두들기고 있었다. 젊고 잘생긴 얼굴에 아주 야윈 아프리카인으로 보이는 사내는 운치 있게 예술 감각과 속도까지 조절해 가며 열심히 연주를 했다. 때론 그가 머리를 양옆으로 돌려가며 얼마나 재빠르게 움직이는지 지나가는 인파들의 눈과 귀를 집중시키기에 충분했다. 박물관에서 두 시간을 관람하고 나왔는데 그 '드럼 보이'는 여전히 드럼 연주를 하고 있었다. 그 앞을 지나가며 앞에 놓인 또 하나의 큰 양동이를 보니 1달러짜리가 거의 반을 채우고 있었다. 종일 그렇게 하면 일당은 충분히 되고 남을 것으로 보였다. 왜 이런 색다른 걸인들이 자꾸 내 눈을 끄는 것일까? 내가 사는 LA에서 흔히 보는 걸인과 자꾸 비교되는 것이다.

그곳을 빠져나와 걷다가 강을 만났다. 그 도시 속의 호수라기보다는 관람용 배가 다니는 작은 바다가 있다는 느낌이 들었다. 배를 탈 기회는 놓치고 말았지만 호텔에 짐을 잠시 맡겨놓고 다시 걸었다. 다리가 아파서 유유히 지나가는 마차라도 타고 싶었지만 꾹 참았다. 미시간 호수가 보이는 시카고 도시 주변을 걷다 보니 작은 공원이 보였다. 그곳엔 긴 의자가 있어 내가 누워서 쉴 수가 있었다. 난 창피를 무릅쓰고 쇠의자에 벌렁 누워 재킷으로 얼굴을 가렸다. 쉬 아파지는 두 다리를 남편의 무릎에 척 올려놓고 푹 쉴 참이었다.

얼마 후 눈을 떠보니 하늘은 먹구름으로 흐려져 있었다. 빌딩으로만 알았던 주변 건물이 그제야 주택용 아파트라는 것을 알았다. 갑자기 그곳에 우리가 살 집이 있다면 얼마나 좋을까 하는 생각이 들었다. 옆을 보니 나 외에 또 다른 인종의 한 남성도 긴 의자에 혼자 누워 있었다. 나도 그도 영락없는 노숙자였다. 그렇다. 집 떠나면 누구나 잠시 노숙자가 될 수도 있다는 생각이 들었다. 남편은 창피한지 어서 일어나 가자고 한다. 일어나서 호숫가를 도는데 저쪽에서 집이 없어 보이는 노인 여자 한 분이 보따리들을 깔끔하게 싸고 묶어서 서서히 끌고 가는 모습이 보였다. 아무리 봐도 LA의 노숙인들보다는 단정해 보였다. 내 눈엔 왜 자꾸 그런 분이 보이는 것일까.

나는 예약해 둔 셔틀버스가 올 시간에 맞추어 서둘러 호텔 앞으로 갔다. 맡겨둔 짐을 찾고 나니 곧 버스가 도착했다. 차를 타고 미드웨이 공항으로 가는 중 비바람이 몰아쳤다. 흔들리는 차

안에서 친구에게 고마웠다고 카톡을 보내고 있는데 소나기가 바람과 함께 차창을 더욱 세차게 두드렸다. 얼마나 다행한 일인가. 오전부터 그렇게 비바람이 몰아쳤다면 마지막 날은 꼼짝없이 외출도 못하고 어느 빌딩 안에 갇혀 있었을 것이다. 실컷 구경하고 사진 찍고 돌아다닌 후 창밖의 소나기 구경까지 하게 되니 얼마나 다행인가 싶었다.

공항에 도착해서 LA행 비행기를 기다리는 동안 뜻밖에 반가운 지인을 만났다. 그 분과 얘기를 나누는 동안 창밖엔 어느새 잦아든 비와 함께 예쁜 쌍무지개가 활짝 피고 있지 않은가.

텃밭 가꾸기

난 지금까지 내 손으로 한 번도 텃밭을 가꾸어 보지 못했다. 남편이나 시댁 어른들이 작은 텃밭을 정성스레 가꾸는 것을 건성으로 바라보기는 했다. 그리고 거기서 나온 것을 따서 먹는데 손이 먼저 갔던 기억이 난다. LA의 아파트에서 살고부터는 주말마다 마켓에 가서 싱싱하고 싼 채소를 듬뿍 사서 맘껏 요리하고 먹는 즐거움을 누리느라 텃밭 가꾸는 일에는 아예 관심이 없었다. 텃밭은 마음이 여유로워 가꿀 환경이 되는 분만이 가꿀 수 있다고 생각했다.

어느 유월 화요일 저녁이었다. 사우스베이 글사랑 회원이며 텃밭의 제왕, 이진수 시인의 집 서정마을에 모였다. 입구부터 빽빽한 녹색 텃밭으로 시작해 들어갈수록 신록의 계절이 한눈에 들어오는 자연농장 숲속이었다. 감나무, 대추, 레몬, 포도나무들이 각기 다른 군락을 이루었다. 처마 밑 사이사이로 애호박이 넝쿨을 지어 서로를 배려하듯 엉킴이 없이 질서 있게 뻗어 올라가고 밑에는 상추, 고추, 깻잎, 방울토마토, 가지 등이 낮게 자라고 있다. 마당 중앙에는 검은 진돗개가 보초병인 듯 서 있고, 뒤뜰 닭장 안에는 닭들이 알을 낳아주며 살고 있다. 앞마당 작은 호수에는 예쁜 색깔의 어린 잉어들이 평화롭게 놀고 있었다.

그날 무공해 텃밭 재료로 정성스레 만든 환상적인 손맛의 저녁식사는 초대된 열대여섯의 회원들의 감탄사를 자아냈다. 저녁상을 물린 뒤, 산장 분위기가 나는 뜰에서 인공 연못 아래 호수를 통해 흐르는 물소리를 들으며 그날 주제인 '꿈꾸는 여인', '신록의 계절', '텃밭 가꾸기'에 대한 자작시를 낭송하고 감상했다. 시와 뜰 분위기가 잘 어우러진 감성이 무르익을 때, 주인 이진수 씨의 '텃밭 가꾸기'에 대한 강의가 시작되었다. 해가 질 무렵 시원한 바람을 피부로 느끼며 강의를 듣는 동안 내 가슴은 어느새 서서히 녹아들기 시작했다. 텃밭은 곧 그의 자녀들이었다. 자녀들을 멀리 떠나보내고 텃밭을 가꾸며 아이들을 돌보고 키우는 심정으로 더 연구하고 씨앗 하나라도 좋은 열매를 맺기 위해 갖은 정성과 사랑으로 돌보셨단다. 그들이 자라서 주인에게 효하듯 기쁨과 보람을 주니 가꾼 열매로 이웃과 나누는 뿌듯함이 얼마나 크겠는가. 그렇게 행복 도우미로 살아가는 그의 모습에 모두 감탄의 박수를 보내지 않을 수 없었다. 주인의 마음을 닮은 꽃과 나무 열매들도 마치 그곳에 모인 우리를 포근히 감싸주는 듯했다.

최근 나는 심적인 갈등으로 글을 쓸 수 없을 정도로 몹시 우울해져 있었다. 누구의 도움 없이 혼자 살아가기에는 너무도 나약한 동생이 짐스러워서 내동댕이치고 싶고, 훌훌 그녀 곁을 떠나버리고 싶었다. 돌아가신 어머니 사진 앞에서 동생을 돌보겠다고 한 약속은 쉽게 하는 것이 아니었나 보다. 동생이 왜 하필이면 내 주위에서 내가 싫어하는 일을 골라서 하며 날 힘들게 하는지 정말 싫었다. 동생의 주변 인물들도 모두 내 스타일이 아니어서 좋을 수는 없다. 그래서 며칠간 전화도 일부러 받지 않고 귀를 막고 있었다. 한편으로는 궁금하면서도 내 마음 문이 열리지 않아 점점 냉랭해져 있었다. 동생이 바뀌지 않는 한 나도 바뀌지 않을 것 같았다.

이번 글사랑 모임의 텃밭 방문은 서서히 내 마음이 녹는 감동으로 다가왔다. 난 주위에서 흙이나 식물보다 못한 사람들을 종종 보게 되는데 혹 나도 그 중에 한 사람일지 모른다는 생각에 두려워진다. 텃밭 가꾸기를 듣는 내내 동생이 걸렸기 때문이다. 그녀를 잘 보살피지 못한 미안한 마음이 자꾸 드는 것이다. 식물인 애호박도 서로를 배려하며 엉키지 않게 넝쿨을 지으며 올라가는데 나는 혈육인 동생을 좀 더 이해하고 배려할 수는 없었는지, 야단만 치던 일을 자책하게 되었다. 때론 내가 낳지도 않은 동생까지 왜 나만 책임을 지고 신경을 써야 하는지, 어쩌면 동생이 남보다 못하다는 생각을 할 때도 있었다. 그래서인지 내 심령

속의 밭부터 갈고, 새롭게 숙성한 씨앗으로 키워 다시 가꾸어야 될 것 같다는 생각이 든다. 내가 먼저 손 내밀면 그녀도 조금씩 바뀌어 가겠지 하는 마음으로 이제 조심스레 전화를 한다.

　사람은 수없이 바뀌고, 믿을 수 없고, 거짓말을 해도 흙에서 자란 식물은 그렇지 않음을 보게 된다. 무엇을 심든지 심은 대로 나고, 거름을 주고 공을 들인 대로 자라며 열매를 맺어 기쁨을 주기 때문에 농사를 하는 사람의 보람이 거기에 있지 않던가. 그렇게 가꿀 텃밭은 비록 내게 없지만, 보이지 않는 마음밭만큼은 아름답게 잘 가꾸고 싶다. 텃밭을 가꾸는 농부의 마음으로 동생을 다시 기르듯 조금만 더 정성을 쏟아볼까. 사라지지 않는 미움의 잡초를 먼저 뽑아버리고 이해와 사랑의 영근 씨앗을 마음밭에 심으면 언젠가 싹트고 자라서 환하게 웃는 '텃밭'은 아니어도 '마음의 꽃밭'은 가꾸어지겠지.

저 옷, 내 옷 아냐?

"저 옷, 내 옷 아냐?"

몇 달 전 일이다. 내가 일하는 요양병원에서 여자 환자들끼리 싸움이 일어났다. 뒤에 앉은 분이 앞에 앉은 분이 입은 옷을 자기 것이라 한 것이다. 나는 그분들의 이름과 방 번호를 확인하고 뒷자리 분에게 살짝 알려주었다. "어머니 옷이 맞지만 직원이 옷장에 잘못 넣었고, 방 번호가 확실치 않아 모르고 입혔기 때문에 저분은 잘못이 없으니까 좀 있다가 돌려드리겠다" 하고 안심을 시켜드렸다. 그런데 아침 행사가 끝나자마자 앞자리 분이 뒤로 와서 따진다. "내가 당신 옷을 훔쳤어? 응? 왜 날 도둑 취급해, 이 xx야!" 그걸 들은 뒷자리 분도 참지 않았다. "내 옷을 내 옷이라 한 건데 왜 그래?" 그 말들이 서로의 감정을 격하게 했다. 아무리 양쪽을 이해시키고 말려도 서로 상한 감정이 심해져 가라앉지가 않는다. 결국 서로 떼어놓고 진정시키느라 무진 애를 먹었다.

자기 소지품이나 옷이 무엇이기에 그렇게 애착을 갖고 싸우기까지 할까? 양쪽 얘기를 다 들어보면 자기 소유의 집착이었고, 상대방의 마음을 헤아리지 못하고 말을 불쑥 해서 상처를 입히고, 그 험한 말을 듣는 분은 인격모독을 느끼고, 나중엔 내 눈에 안 보이게 하라는 둥 울화가 안 풀려 서로 헤어지게 되는 것을 보게 된다. 그런 일이 있은 후 환자의 옷에 방 번호 대신에 이름을 쓰기로 했다.

그 일은 내 담당이 되었다. 그래서 나에게 매일 큰 보따리의 옷이 맡겨졌다. 세탁한 환자의 옷에 이름을 바로 새겼나 점검하며 마커로 꼭꼭 눌러가며 다시 적는다. 각 옷의 종류나 질에 따라 이름을 쓰는 데 쉽지 않았다. 평평한 면제품에는 글씨가 참 잘 써진다. 그러나 깔깔하고 보드랍거나 혹은 너무 얇거나 두꺼운 옷에는 잘 써지질 않는다. 팔이 아플 정도로 힘들게 쓰면서 여러가지 생각을 하게 되었다. 사람의 마음 밭도 이렇게 다르고 다양하구나, 이 옷의 질감이 모두 다르듯이 사람들의 성품과 인성도 천차만별이겠지…. 이름도 철자 하나라도 거의 완벽하게 똑같지는 않았다. 그 다른 이름을 새기면서 그 환자도 함께 떠올린다. 얼굴 모양, 성격, 인품, 등등 모두 가지각색임에 참 재미있게 느껴진다.

이렇게 새긴 물건을 언제까지 소유하면서 사용할 수 있을까 하는 생각이 든다. 한참 동안 이름을 새기다가 나도 언젠가는 쇠

잔해져서 환자가 되겠지, 꼭 병원에 와야 환자인가, 아픈 정도에 따라 차이가 있을 뿐 누구나 환자 아닌 사람이 어디 있을까? 정말 인생이 마냥 긴 것 같아도 예측할 수 없는 순간을 맞게 되지 않나, 그런데 그 옷 하나 때문에 목숨이 걸린 양, 자존심까지 내세우며 혈압을 올리고 있지 않는가? 살아있다는 것이 바로 이런 것인가? 내 몸이 들어가 있지 않는 옷 따위에 이름을 새긴들 내가 없어진 후에 무슨 소용이 있겠는가? 비단 옷만 아니라 그 어떤 훌륭한 예술작품을 남겼을지라도 그 속에 생명력 있는 영혼을 못 느낀다면…. 그렇다면 난 어떤가. 옷보다 더 중요한 나의 삶이 모두 기한이 차면 썩어져 없어질 텐데 내 몸에 무엇으로 어떻게 이름을 새겨놓을까? 결국 옷보다 못한 내 몸뚱어리, 남에게 남겨줄 건더기가 하나도 없는 이 육신만을 위해서 산다면 정말 허무하고 서글퍼진다. 나는 정신이 바짝 났다. 적어도 육신을 위해 입은 옷보다는 더 나은 삶을 살다가 옷보다 더 중요한 것을 남기고 갈 방법은 없을까?

사람의 몸은 죽어 없어져도 그 이름 석자는 그대로 남을 텐데 적어도 동물이 남기는 가죽보다는 나아야 되지 않겠나? 내 이름 석자는 무슨 의미가 있을까? 누군가 내 이름을 새긴다면 과연 나에 대해 무슨 생각을 하게 될까? 나는 빼어난 인물도, 수재도 아니다. 내 이름의 뜻을 생각해보니 본 성은 김(金), 은혜 혜(惠)와 예쁜 계집아이 원(媛)일 뿐이다. 그나마 내 이름에 혜자가 들어 있음이 얼마나 다행이고 자랑스러운지 모른다. 내 이름을 지어 주신 부모님의 뜻을 왜 이제야 깨닫고 감사가 나오는지, 아직도 철이 덜 든 줄도 모르고 살았으니 한심하다. 누구에게나 은혜를 받고 살아온 나의 삶을 이젠 은혜를 끼치며 살라는 뜻으로 지워 준 이름일 텐데 이제 그 이름값을 하며 살고 싶다. 환자의 이름을 새기면서 내 이름까지 깨닫게 된 바쁜 일손이 스스로 아름답고 귀하게 여겨진다.

여름 낙엽

왜 벌써 낙엽이 될까?

볕이 쨍쨍 내리쬐는 여름, 큰 나무 아래 수북이 쌓인 낙엽은 내 발을 멈추게 한다. 봄도 아니고 한창 잎이 무성하고 아름답게 반짝여야 할 때, 겨울은 아직 저만치 멀리 있는데 잎은 반드시 떨어져야만 하는가. 폐암 4기로 여름 낙엽이 되신 둘째사돈의 장례를 마스크조차 범벅이 된 눈물로 지켜본 후, 숙면에 이르지 못하고 삶과 죽음에 대해 깊이 사색하지 않을 수 없다.

누가 숨 한번 쉬는데 죽을 만큼 힘들어본 적 있는가? 제발 숨좀 쉬게 해달라고, 날 좀 살려달라고 외쳐본 적은 있는가.

'여보, 고마워, 그동안 행복했어.'

'엄마, 사랑해, 많이 보고 싶어.'

이렇게 사랑하는 남편과 자녀를 남기고 떠나야 하는 마지막 순간을 맞이한다면 '왜 나에게는 암을 두 번이나 주시고 살려주지 않으십니까?'라고 원망할 수 있을 텐데, '내가 한 일이 뭐가 있다고…' 하면서 생명을 거두어 가시는 분 뜻에 순종하는 여름 낙엽이 있다.

부인을 먼저 떠나보낸 장례식에서 간증하신 남편 사돈어른의 말씀이 생각난다. 부인을 살려달라고, 그녀의 병상을 찾을 때마다 절규하며 하나님이 살아계신 증거를 이를 통해 보여달라고 간절한 기도를 하셨단다. 내 뜻과 하나님의 뜻은 늘 다른 것일까. 부인이 마지막 세상을 하직할 때 영혼이 천국으로 인도되는 것을 보여주신다면 '할렐루야'로 대답하라고 부인의 귀에 대고 부탁을 하고 그렇게 하겠다는 약속을 받았다고 한다. 환자 스스로 호흡을 할 수 없게 되자 마지막 산소호흡기를 뗀 후 부인에게 물어보셨다고 한다. '이제 천사가 당신을 데리러 왔느냐? 천사가 보이면 대답해 보라'고. 잠시 후에 호흡도 스스로 할 수 없는 상태의 부인이 '할렐루야'를 크게 외쳐서 깜짝 놀라셨다고 한다. 한 번 더 물으니 기운이 다 해 고개를 끄덕인 후 낙엽이 된 것이다.

언젠가는 누구나 죽음을 맞이할 텐데 '아직은 아니야.'라고 장담할 수 있을까. 정말 우리가 필요로 하고 선행을 많이 할 사람이 먼저 떠나게 된다면, '하나님도 참 야속하지, 저 악한 자는 왜 빨리 데려가지 않고, 하필이면 이 착하고 아름다운 사람을…'이라며 안타까워한다. 내가 아는 선교사님의 말씀이 생각난다. '하나님도 지옥에 갈 사람만 필요한 것이 아니라, 천국에서 사용할

깨끗하고 선한 자가 필요했나 봅니다.'

　그렇다. 낙엽은 그 다음해 봄에 새 잎을 돋우기 위해, 성숙한 후엔 떨어져야 한다. 그래서 슬픔과 연민으로만 끝나버리는 것이 아니라 아름다운 희망으로 다시 소생할 준비단계로 봐야 할 것이다. 하물며 인간의 생명이 오직 창조주 뜻에 달렸다면 어느 누구도 거부할 수 없는 일이다. 어찌 함부로 그 시기를 정하며 거론할 수 있으리오. 단 육신의 생명이 주어져 있는 한 언젠가는 낙엽이 될 준비는 해야 할 것이다.

　나도 언젠가는 낙엽이 될 것이다. 그때까지는 충실한 잎의 역할을 다해야겠다. 비록 윤기가 잘잘 흐르는 잎은 아니어도, 뜨거운 더위는 거뜬히 이겨내며 타인의 그늘 정도는 되어주고 싶다. 거센 바람에도 쉽게 흔들리지 않고 나뭇가지에 붙어 있도록 최선을 다해야겠다. 내가 비록 꽃이 아니고, 하잘 것 없어 보이는 잎이라 할지라도 나는 나의 존재만으로도 즐겁고 행복하다고 말하고 싶다.

회색빛 가을은

카톡, 카톡….

사방에서 가을이라고 조석으로 신호를 보낸다. 사색적인 글과 노랗고 붉게 물든 풍경, 그윽한 기운을 뿜는 선율을 넘치도록 관람한다. 손끝 하나로 움직이고 눈과 귀로 여행을 하며 편하게 즐긴다. 하지만 그것으로 가을을 다 공유하고 만끽한 것 같지는 않다. 남이 입에다 넣어주는 음식을 맛보는 것처럼 아무래도 석연치 않다. 실은 내 눈앞의 가을은 그런 사색적이고 그윽한 이미지하고는 거리가 멀다.

아침에 눈을 뜨고 창밖을 보면 기분이 착 가라앉는다. 아침 햇살은 어느덧 자취를 감추고 침침하고 우중충한 회색 하늘이 내려앉는다. 아파트 창밖으로는 단풍잎을 거의 찾아볼 수가 없다. 아직 누런 나뭇가지에 연초록 잎들이 드문드문 살아서 바람에 간간 흔들리고 있는 정도다. 한때는 운치가 있던 LA 한인타운의 가을이었다. 해마다 분위기가 다를 테지만 가을 이미지는 갈수록 우중충해져 온 듯하다.

언제부터인가 난 피부의 감각으로 계절을 느끼는 데 익숙해져 있다. 살갗에 다가오는 바람의 숨결과 온도로 계절이 바뀜을 알아차린다. 간간이 우는 새소리나 옷을 갈아입는 나뭇잎의 색상도 그 차이 구분을 돕는다. 그런 느낌으로 가을의 정취에 젖는다. 시상이 떠올라 적어놓고 스스로 도취하기도 한다. 가을은 봄보다는 정서적인 울림을 준다. 저마다 시인이 되게 한다. 옷깃을 여미며 사색에 잠기게 된다. 더 추억들과 만난다. 자기 성찰을 통해 성숙해져가는 길목이 되기도 한다.

초등학교에 들어갈 무렵 어머니는 내가 입학식에 입고 갈 입을 옷을 손수 만들어주셨다. 회색 투피스인데 목, 소매, 그리고 양쪽 주머니에 연초록색 천을 대 나름대로 멋을 부린 거였다. 어머니가 만들어주신 옷이어서 아끼며 아주 자랑스럽게 입고 다녔던 기억이 난다. 그 옷이 이제 내 옷장에 남아 있을 리 만무한데, 이 가을 그 옷이 떠오른다. 공연히 어머니가 그때 왜 하필 회색 천으로 입학식 옷을 지어주셨는지 생각해 본다. 그 회색에 연초록의 색 조화는 무슨 의미였을지.

회색에 연초록…. 어머니의 뜻이 어떤 것인지 짐작할 수는 없다. 마땅한 천이 없던 시절의 어쩔 수 없는 선택이었을 수도 있다. 아니, 그보다는 회색을 빨간색 같은 것과 조화를 이루게 하기보다 훨씬 고상한 안목이었다고 나는 믿는다. 어쩌면 어머니

가 그 색의 조화를 통해 나에게 바라는 어떤 삶의 모형 같은 것
이 있었을 것이다. 회색은 때가 잘 타지 않고 눈에도 잘 띄지 않
는다. 어린아이에게는 어울리지 않는 색이랄 수 있다. 어머니는
내가 드러나지 않는 평범한 삶으로 살기를 바라셨을 것 같다. 그
러면서도 중요한 부위마다 연초록을 배치해 무난함과 평범함에
생기를 돌게 한 것이 아닐까. 당시에도 그런 뜻이 내게 잘 전해
졌는지 나는 그 옷을 멋지고 세련된 옷이라 여기며 귀하게 입고
다닌 듯하다. 올 가을 분위기가 마치 이런 색상의 옷 같은 느낌
이 든다.

　내 나이도 색으로 보면 회색을 향해 가는 중이지만 회색으로
그냥 머무르고 싶지는 않다. 항상 연초록색을 달고 있던 그 옷처
럼, 내 마음은 봄에 돋아나는 새싹처럼 늘 솟아나고 순수하고 싶
다. 가을 뒤에 혹독한 겨울이 오듯, 혹 시련이 찾아올지라도 연
초록 소망의 빛을 잃지 않는다면 반드시 나에게 봄은 오고야 말
것이다. 나의 부모님이 영원히 사라지지 않고 시시때때로 생각
나 나를 일으켜 세워주는 힘이 되고 있듯이, 오늘도 새 힘이 솟
는다. 이번 주말엔 꼭 산책을 하며 청명한 하늘로 숨을 쉬고, 새
소리와 바람소리를 읽으며 마음껏 가을을 만져봐야겠다.

그대는 나의 기쁨을 아는가

　꾸물꾸물하고 음산한 이른 아침에 청소를 했다. 그 일은 어제와 오늘만의 일은 아니었다. 일상에서도 어디서라도 휴지를 보면 그냥 지나갈 수가 없는 내 성격이나 습관 때문일지도 모른다. 청소는 나의 마음과 주위 환경을 모두 정화시키는 장점이 있다. 나아가서 타인의 마음까지 기분 좋게 해주는 힘이 있음을 누가 모를까.

　우리 교회는 수년 전 올림픽과 유니온빌딩 안에 있는 작은 방을 빌려서 사용하다가 불이 나서 다른 장소로 옮기게 되었다. 그곳은 바로 웨스턴과 1가에 있는 가구점 뒷건물 2층이다. 예배실로 올라가기 전 입구엔 언제나 가구점에서 나오는 스티로폼이 바람에 날려 교회 출입문에 모여 있곤 했다. 교회 안으로 들어가기 전에 입구부터 청소를 해야 직성이 풀리는 나는 예배드리는 일보다 청소하는 일이 더 우선일 정도로 청소에 신경이 쓰곤 했다.

어느 토요일 새벽 기도 후에 아침 식사를 교회에서 마친 후 밖으로 나왔다. 출입구는 물론 그동안 쌓인 더러운 쓰레기가 길가에 진을 치고 있었다. 거리 청소하는 날이 매주 금요일이었는데 연휴가 끼어서 쉬었는지 유난히 많은 쓰레기가 너저분하게 쌓여 있어서 저절로 눈살이 찌푸려졌다. 내가 왜? 이 거리청소까지 해야 할 필요가 있을까 생각하면서 쓰레기를 길가에 내다버린 행인 혹은 홈리스를 의심하니 은근히 미워지기까지 했다. 그러나 아무래도 주일이 되기 전에 내가 쓸어버려야겠다는 결심이 서자 조금씩 치우기 시작했다. 쓰레받기와 빗자루가 작아서 건너편에 있는 쓰레기 통 안에 갖다 버리는데 아마 수십 번은 왕래한 것 같다.

빗자루로 쓰는데 갑자기 쓰레기가 눈에 가까이 들어오며 말을 걸어오는 듯했다. "우리는 모두 주인을 잘못 만나 거리에 버려 던져진 쓰레기들입니다. 아유, 추워라. 사람들이 나를 좋다고 사고, 먹고, 쓰고는 아무데나 나를 버립니다. 바람이 불어 떠돌다가 우리는 이렇게 모여서 있게 되었네요."라고. 스타벅스 커피를 마시다 버려진 컵들과 찐득해진 소다 깡통, 햄버거 먹다 버린 빵조각과 냅킨, 스낵이나 과자봉지, 담배꽁초, 뾰족한 핀이나 나사못, 깨진 맥주병, 나뭇잎과 가지들, 휴지, 입다 버린 셔츠가 음료수나 오물에 찌들어 푹 젖은 걸레가 된 것 등 가지각색이었다. 모두가 주인의 사연에 따라 버려진 쓰레기들이 마치 불만을 터뜨리며 나를 바라보는 듯했다. 가끔 길가에 파킹하다 차가 '삐지 직' 소리를 내는 이유도 깨진 병조각 같은 위험한 물건에 바퀴가 찔리거나, 바퀴에 쓰레기가 치여 서로 아파서 내는 소리가 아니었나 싶다. 나는 '그래 너희들도 여기에 널려 있는 것이 속상했겠구나. 창피할 수도 있겠지. 차라리 쓰레기통에 모여 갇혀 있음이 안전하고 편하겠다. 내가 쓰레기통 안으로 데려가 줄게.'라고 말해 주고 싶었다.

조금씩 쓸어버리다 보니 계속 치워야 할 것들이 자꾸 눈에 들어왔다. 우리 교회 앞뿐만 아니라 점점 옆으로 길게, 또 맞은편 길가와 길 건너에 있는 쓰레기까지 거의 다 치우게 되었다. 가끔 지나가는 차들이 '빵빵' 소리를 내어 쳐다보니 내게 격려하듯 엄지 척을 해주며 지나갔다. 내가 조금 마음을 고쳐먹고 움직이니까 거리가 환해지고 마음도 뿌듯해졌다. 마치 쓰레기를 버린 사람들보다 한수 위에 내가 서 있는 것 같은 기분이 들었다. '그대가 쓰레기를 버릴 때의 기분보다 그 쓰레기를 깨끗이 치워버릴 때 갖는 나의 기쁨이 얼마나 더 큰지 아십니까?'라고 마구 묻고 싶어졌다.

마지막 마무리를 하려는데 빗방울이 뚝뚝 떨어지기 시작했다. 갈수록 더 많이 떨어지는 비의 속도를 따라 마지막 쓰레기를 버리려고 달려가는데 내 마음도 함께 날아가는 듯 기쁨이 솟아올

랐다. 행인들도 별로 없었고, 비가 오기 전에 그 일을 마친 것이
얼마나 후련하고 좋던지…. 일기예보에 의하면 한 시간 전에 비
가 왔어야 했다. 내가 일을 마치기까지 하늘에서 내려다보시고
비님께서 기다려주기라도 한 것일까.

자연의 숨결

화창한 주말 아침이다. 오랜만에 아파트 정원이 나를 부른다. 요즘 밖에만 나가면 마스크를 하는 것이 습관인데 바람 한 점 없는 따스한 햇살이 마스크를 벗긴다. '너도 햇볕에 일광욕을 해라.' 이왕이면 소독도 되었으면 하고 마스크를 볕이 잘 드는 의자에 걸쳐놓는다. '휴우, 바로 이거야. 이제 살 것 같다.' 나는 태양을 향해 두 손을 뻗고 숨을 들이쉬는데 이번엔 햇살이 따라 들어와 숨통을 활짝 열어준다.

어느새 날아든 새들이 재잘대기 시작한다. 새소리 들은 지가 얼마 만인가 싶어 귀가 쫑긋해진다. 정원 한가운데에는 망가진 분수대의 테두리 시멘트만 둥그렇게 남아 있다. 장미꽃 나무가 사방으로 널려 있다. 봉오리부터 활짝 핀 꽃나무가 입구 주위와 담을 둘러싸고 있는데 유독 향이 짙은 주홍색 장미는 나를 더 머물게 한다. 몇 바퀴를 걸으며 살펴보니 작은 나비들이 꽃에 앉아 소곤대고 큰 호랑나비도 이곳저곳 살피며 꽃에 앉았다가 일어나기를 반복한다. 작은 벌레들도 기어다니고 파리도 몇 마리 날아 다닌다. 모두 정겹고 반갑다. 자연은 바이러스와 전혀 상관없이 예쁜 봄을 바로 이곳에 피우고 있다. 정원 한가운데에 서서 휴대 폰에 저장된 '국민체조'를 틀어놓고 구령에 맞추어 동작을 따라 한다. 정원 안에 있는 모든 생물들과 빈 돌의자들이 나의 관객이 된다.

최근 코로나바이러스 감염을 최대한 줄이고 예방하기 위해 집 에 머물러야 한다. 이로 인해 신생아가 있는 둘째아들 내외는 우 리에게 제발 밖에 나가지 말라고 신신당부했다. 4월에 있는 나 와 작은며느리 생일에도 만나지 못하고, 5월 초에 있을 손녀 백 일도 취소하겠단다. 사랑하는 가족과의 만남조차 차단될 줄 누 가 알았을까. 코로나바이러스가 세상을 다스리고 있는 것처럼 사태가 점점 심각해진다. 사회적 거리두기를 시행하기 위해 6피 트 간격으로 마켓이나 은행, 약국 등 어디서든지 줄을 선다. 물 론 서로의 감염예방을 위해 마스크는 반드시 써야 한다. 이미 모 든 여행, 공공사무소, 사업체 등의 단체 모임은 모두 취소다. 앞 으로 더 많은 곳에서 문을 닫게 되고 실업률은 증폭되고 외출은 더욱 통제될 것이다.

우리가 자연 속의 봄을 한창 누려야 할 시기에도 불구하고 마 스크에 기대어 봄을 잃어가고 있는 것 같아 안타깝다. 물론 생명을 잃은 수많은 가족들의 슬픔에 비하면, 사경을 헤매고 있는 환자와 돌보는 의료진에 비하면, 직장이나 사업체를 잃고 봄을 느끼지 못하는 게 무슨 비교가 될 문제인가. 내가 사는 시니어아파트의 정원을 거니는 동안 맞은편 캘리포니아병원 앞을 응급차가 벌써 두 차례나 지나갔다. 비행기와 헬리콥터가 지나가는 소리도 종종 들린다. 그럴 때마다 가슴이 섬뜩해진다. 잠시라도 봄을 누리는 행복조차 사치가 될까 봐. 또 더 큰 고통 속에 있는 사람들에게 미안해진다.

비록 봄의 기다림과 설렘이 식어지고 사라진다 하더라도 내 안의 봄을 잃고 싶지 않다. 비록 미세한 세균이 우리를 구속할지라도, 생명을 위협하더라도 포기하지는 않겠다. 분명 살아남아 코비드19을 회상하는 봄을 다시 맞이할 것이라고 믿는다. 지금 이 순간 찬란한 햇빛을 받으며 숨을 쉬고 느끼는 것만으로도 너무도 소중한 봄을 누리고 있으니까.

COVID19 시기의 장례

최근 몇 달 사이에 지인의 부음을 세 차례나 들었다. 모두 인원 제한으로 가족조차 참석하기 힘든 상황이어서 찾아뵙고 위로하는 것조차 허용되지 않았다. 사랑하는 가족과의 이별 자체가 견디기 힘든 상황이다. 충분히 지인과 친지들의 위로와 사랑을 받아도 아쉬움과 슬픔이 쉽게 가시지 않을 것이다. 그런데 최근 COVID19 비상시기에 돌아가신 분을 보내야 하는 가족들은 얼마나 더 외롭고 상심이 크겠는가.

지난 5월 초에 알지도 못하는 분의 장례에 다녀왔다. 열 명 제한의 가족들과의 입관예배 한 번으로 이별을 고하는 이색적인 예식은 처음으로 경험하는 일이다. 내가 아는 크리스천의 장례는 하늘의 소망이 있기에 슬퍼하는 유족에겐 친지와 지인 그리고 교우들의 방문으로 위로가 된다. 슬픔으로만 끝나는 것이 아니라 그들과의 만남이 기쁨으로 이어지는 은혜로운 장례식이 되기도 한다. 이번에 상을 당하신 분은 가족이 멀리 있어서 오지 못했다. 그 지인이 우리 교인이라 남편이 집례를 했다. 나는 조가를 부르는 일로 봉사했다. 힐리웃 휘레스트 동산에는 의자가 6피트 간격으로 5개씩 딱 두 줄로 놓여 있었다. 모인 소수의 가족들과 지인은 뜨거운 햇빛 아래 마스크를 쓰고 앉아서 슬픔을 달래야 했다.

건강하셨던 고인은 낙상으로 수술하시고 재활을 위해 양로병원에 계시다가 코로나 바이러스에 감염되어 갑자기 세상을 떠나셨다고 한다. 전염병으로 사망할 경우엔 매장을 못하고 반드시 화장을 해야 한다고 한다. 화장 후 꽃병에 담은 납골이 휘레스트 잔디밭에 매장되기 전 예배를 드리고 마지막 헌화를 한 사람씩 했다. 장의사 진행자가 붉은 장미꽃 한 송이를 비틀어 꽃잎 한줌을 내 손에 쥐어주었다. 꽃병을 담은 흰 박스 안에 꽃잎을 뿌려드렸다. 그 영혼은 이미 떠나가셨지만 속으로 남은 가족들을 위로하는 마음으로 기도를 드렸다.

고인이 멋쟁이 여인이셔서 그런지 꽃잎을 뿌리며 생각했다. 여자니까 꽃으로 태어나 꽃잎에 쌓여 꽃처럼 사시다가 꽃처럼 시들어 가시는구나. 참으로 인생은 긴 것 같아도 잠깐 살다 다 두고 순간에 한줌 흙으로 돌아가는 것을 보게 되었다. 88년간의 삶은 얼마나 길고도 험하고 헤아릴 수 없는 많은 사연 속에 살았을까. 자녀들에게 하고 싶은 말, 듣고 싶은 말, 못 다한 일 모두 어디에 접어두었을까. 언젠가 누구에게나 순식간에 생을 마감하게 된다면 무엇을 가장 먼저 준비해야 할까 잠시 생각해 본다.

언젠가는 삶과 이별을 한다지만 더 사실 수 있음에도 불구하고 COVID19 때문에 준비 없이 갑자기 세상을 떠나게 된다면 얼마나 억울할까. 젊은 사람은 더 참담하고 가족들은 몇 배 더 충격을 받는다. 뉴욕에서 코로나로 감염된 수많은 시신이 봉지에 싸여 냉동트럭으로 무인도에 이동된다는 뉴스를 본 적이 있다. 코로나에 감염된 가장인 남편과의 이별도 전화로밖에 할 수 없었던 눈물어린 부인의 모습도 뉴스로 보지 않았던가. 지금은 조금씩 코로나 바이러스가 잠잠해가고 가고 있는 듯하지만 언제 또 기승을 부릴지 모르는 일이다. 아예 이참에 코로나 바이러스 균들을 곳곳에 화장터로 보내서 영원히 돌아다니지 못하게 꽁꽁 묻어두고 싶다. 사람 대신 이번엔 네 차례다 하고 모두 싸서 한꺼번에 태워버릴 수만 있다면 좋겠다. 그러면 더 이상 억울한 눈물은 거두게 되지 않을까.

백두산의 폭발

처음으로 가는 크루즈 여행이다.

"여기가 어디에요?" 백두산이 물었다. 나는 "큰 배 안입니다. 저기 바다 보이지요?"라고 대답했다. 백두산의 "바다를 보고 있으니까 왠지 처량해요"라는 말은 내게 햇살 없는 파도처럼 가슴을 철렁거리게 했다. 간간이 낮 햇살에 비치는 청색 바다물결은 분산된 파도로 은빛 별꽃처럼 빛났다. 저녁 바다는 성난 파도처럼 검붉게 물결을 밀쳐내기도 했고, 아침 바다는 조용히 달래는 엄마의 넓은 치마폭처럼 부드러웠다. 그러나 백두산이 보는 태평양 바다가 무척이나 처량하게 보는 이유가 무엇일까?

가족처럼 지내는 백두산은 연세가 백두 살이 넘었으므로 우리가 백두산이라고 부른다. 이 어른을 양로병원에 맡기려는 딸의 곤란한 처지를 듣고, 우리 부부는 딸을 좀 쉬게 하며, 우리가 함께 가면 괜찮을 것 같은 확신이 들어 함께 모시고 가자고 했다. 따님은 기뻐하며 쾌히 우리 의사를 받아주었다. 왠지 이번 여행이 어머니와의 마지막 추억이 될지도 모른다는 생각도 있었다. 남편은 이 어른이 돌아가신 어머니 같다는 생각이 든다고 했다. 나도 그분의 조용하고 아담한 모습이 우리 시어머니와 닮았다는 생각을 했다. 백두산은 3년 전 많은 친지들과 자손들의 축복 속에 백수연을 지내셨다. 그 후 코비드19로 좋아하시는 시니어 센터에 모이기 어렵게 되자 조금씩 치매가 찾아왔다. 간병인과 간호사가 주기적으로 다녀가고, 따님은 매일 출퇴근하다 아예 어머님과 함께 지낸다. 백두산은 늘 혼자 생활을 하시며 화초 가꾸기, 청소 등 부지런하고 조신하게 지내신 분이다.

백두산은 여행 첫날 많이 힘들어 하셨다. 특히 크루즈 안에서의 좁은 잠자리가 바뀐 것에 적응이 안 되어 계속 쓰시던 전기담요를 꽂으려고 소켓을 찾다가 늦게 잠이 드셨다. 수면제를 미리 준비해서 드시게 하길 참 잘했다 생각되었다. 여행 셋째 날 돼서야 지인들과 여행 온 것을 인지하신 후 하루만 더 자면 집에 간다는 확신도 드셨는지 조용해지셨다. 그 전까지는 여기가 어디냐, 나 집에 데려다 줘, 언제 집에 가? 우리 양념 딸이 언제 오냐? 하고 계속 묻고, 보채는 일로 주위 사람을 안타깝게 하며 시간을 보내셨다.

넷째 날 오후, 나는 몇몇 일행과 처음으로 9층 야외 선박에서 에어로빅 클래스를 즐기게 되었다. 백두산에게는 재킷을 두 개나 입히고 휠체어에 앉힌 후 구경하게 했다. 추워하시는 어른을 어느새 남편이 모시고 다니며 얘기 동무가 되어 주기도 해서 안심하고 운동을 따라하며 몸을 풀었다. 클래스가 끝나고 나는 다시 백두산과 물을 마시며 따님 친구들과 모여 앉아 있었다. 그때였다. 따님 옆에 앉아 계시던 백두산이 폭발하기 시작했다. "내가 친구들 다 있는 곳에서 이제 말해야겠다. 네가 사람이니? 사모님한테 내가 얼마나 미안한 줄 알아? 화장실 갈 때마다 네가 엄마 휠체어를 밀어야지 너는 뭐하고 남에게 다 하게 하니? 엄마를 팽개치고 네가 그러고도 커피가 입에 들어가니? 나는 뭐 사람이 아닌 줄 알아? 내가 다시는 같이 여행 오지 않을 거야." 그동안 별 말씀이 없이 조용하셨기에 나는 그분의 생각을 거의 헤아리지 못했다. 모두 놀라서 고개를 숙이고 침묵만이 흘렀다. 나는 가슴이 두근거려 도저히 가만히 있을 수가 없었다. "권사님, 저를 생각해 주신 일은 참 고맙고 감동인데요. 뭔가 오해가 있으신 것 같아요. 따님 쉬시라고 제가 좋아서 시작한 일이에요."라고 하자 더 이상 설명할 시간도 없이 백두산의 화는 멈추지 않고 치솟았다. "듣기 싫어요. 사모님은 아무 말 하지 말고 계세요." 마치 벼르고 작정한 듯 딸을 향해 야단을 치시는 백두산의 자존심과 노여움은 결코 치매가 아니었다.

백두산의 슬픈 분노는 무엇을 말하는가? 크루즈 여행에 와서 먹고, 바다만 바라보라고 내팽개쳐진 것 같은 그의 처지가 받아들일 수 없는 수치와 모멸감 때문만이었을까? 진정으로 그녀가 원하는 것을 폭발하기 전까지는 아무도 그의 마음을 제대로 읽지 못했다. 백두산은 그냥 나이만 드신 노인이 아니었다. 젊은이들과 신체적인 질이 똑같을 수는 없어도 인간으로서 기본적인 정서와 생각과 가치관이 내재되어 있었다는 것을 느낀다. 백두산은 남의 손을 필요로 하는 것이 신세지는 것으로 생각해 화장실도 자주 가지 않으시려고 조금만 드시며 참으셨을 거라는 생각도 든다. 늘 '우리 딸이 최고야' 하며 의지하듯, 딸이 보이지 않으면 찾을 수밖에 없었으리라.

  그녀는 딸과 늘 함께 하며 젊은이들처럼 즐기고 싶었는지도 모른다. 백두산의 삶 속에서 그녀는 사랑받으며 동반해 줄 남편도 필요했을 것이고, 재혼할 기회도 있었음에도 불구하고 오랜 세월 동안 절제하며 자녀들과의 신뢰를 지키며 극복해 나갔을 것이다. 나름대로 아름답게 가꾼 꽃인데 귀가 어두워지고 기억이 가물가물해지고 몸이 자유롭지 못하다고 대우받기는커녕 짐처럼 느껴진 존재가 얼마나 처량하고 비통하셨을까. 이렇게라도 폭발하지 않으면 어느 누구에게 쏟아낼 수 있을 것인가. 나의 미래는 그 연령까지 도달할 수는 있을까, 그리고 얼마나 인간다운 대접과 존경을 받으며 살 수 있을지….

노을이 아름다워질 때

생일 떡 때문에

"에스더, 꽃이 없어졌어!"

올림피아 요양병원(Olympia Convalescent Hospital)에서 일하는 내 영어 이름이 '에스더(Esther)'이다. 바로 전날 생신잔치를 거창하게 받은 남자 환자의 방에서 아침에 소셜워커(Social worker)가 급하게 나를 부르는 소리가 흘러나왔다. 그녀의 걱정스런 얼굴과 함께 내게 다급하게 묻는 말이 영 예사롭지 않다. 소셜워커가 "어제 분명히 이 테이블 위에 화분을 갖다 놓는데…" 하자 노인 환자는 "난 꽃을 본 일도 없는데…" 한다. 전날 생일잔치를 멋있게 잘 마친 그 환자 방에 나는 들어가지도 않는데, 선물로 드린 예쁜 난 화분이 안 보인다는 것이다.

자녀들이 일 때문에 한 명도 참여하지 못하고 100세 생신잔치를 혼자 맞으실 노인을 직원들이 배려해 드리고 싶었다. 그래서 나와 외국인 직원(Activity Director)이 그 어른의 생일 당일 함께 장을 보러 나갔다. 머리에 씌워드릴 번쩍번쩍한 모자와 'happy birthday'가 박힌 고깔모자, 크고 작은 다양한 풍선, 100명분의 큰 과일 케이크, 초, 영양떡 그리고 짙은 자주빛의 고급스런 난 두 송이의 꽃 화분을 선물로 마련했다. 좋은 가격에 정성껏 준비한 예쁜 선물이었다. 보스가 '멋지다!'며 엄지를 치켜세웠다. 내가 생각해도 흐뭇하고 성대한 잔치였다. 많은 환자들과 직원들이 함께 모여 기쁨으로 축하해 드렸다. 주인공 역시 만족스런 얼굴로 축하를 받느라 흥분과 감격으로 어찌할 줄 모르며 기뻐하셨다. 여기저기 사진을 찍느라 불빛이 터져 주인공으로는 혼이 나갈 정도였을 것이다.

사건은 그 다음날 아침에 일어났다.

노인환자는 어제 100세 생신 잔치가 본인을 위해 성대하게 치러진 일도 기억하지 못하고, 선물로 받은 예쁜 꽃도 본 일도 없다고 했다. 난 병실을 나와 고민을 하다가 문득 어제 선물로 사드린 떡이 생각났다. 갖은 콩과 쑥을 섞어 만든 찹쌀떡 여덟 쪽이었다. 옛날 어른이니 생신에 떡이 먹고 싶지 않을까 해서 사드린 것이다. 갑자기 그 떡을 과연 드셨을까 하는 의문이 생겼다. 다시 그 환자의 방에 들어가서 물어보았다. "그 떡 혹시 드셨는지요?" 하자 "아, 그 떡은 아들 주었어." 하신다. 그렇다면 가족이 다녀가신 것이 아닌가. "그럼 혹시 꽃도…?" 하자 "아, 그 긴

꽃 말인가? 그래 맞아, 아들이 가져갔어." 하신다. 우린 그제야 의문이 풀려 안도의 숨을 길게 쉬고 웃을 수밖에 없었다.

　노인의 기억력이 부족한 것은 조금도 생각지 못하고, 내내 없어진 꽃만 걱정을 하고 엉뚱한 직원들을 순간적으로 의심한 것이 얼마나 미안하고 어리석었는지 가슴이 애리해진다. 선물 같지도 않은 하찮은 영양떡 한 팩이었지만 정작 그 분은 입에 대지도 않고 아들에게 주었다는 말에 노인의 기억력을 추적할 수 있었다. 그리고 전혀 본 일도 없다던 꽃까지 생각나게 했으니 참 재미있지 않은가.

눈 속에 빛나는 별빛

"어머니, 안녕하세요? 좋은 아침입니다."

여느 때나 다름없이 매일 눈을 뜨면 총총걸음 달려가는 곳은 노인 환자들이 계시는 올림피아 요양병원이다. 이곳에서 대하는 어르신들은 곧 나의 부모요, 형제자매, 그리고 조부모님 같은 분들이다. 복도에서 마주친 어른께 "어머니, 오늘은 유난히 아름다우세요. 어쩌면 눈이 이렇게 별빛처럼 반짝이지요?"라고 하면 "아이고, 내가 나이가 몇인데." 하시며 옷깃을 여미고 부끄러워하는 소녀처럼 얼굴에 연분홍 화색이 확 피어오른다. 그러면 나도 기쁘고 일하는 나의 발걸음에 날개를 단 듯 가벼워진다.

그동안 남편의 일을 돕는 것을 가장 최우선으로 알고 살아왔다. 아이들이 성장해서 점점 짝을 찾아가야 할 시기쯤 나는 단호한 결정으로 소셜서비스 일을 하게 되었다. 소셜서비스 일은 환자가 입원해서 퇴원할 때까지 병원 안에서 건강하게 잘 적응할수 있도록 돕는 일이다. 병원 행정에 맞는 신분서류며 상담, 안

내, 설명 등으로 환자에게 필요한 일을 돕기 위해 늘 바쁘다. 내가 간호사로 일할 때의 보람과는 달리 내게 또 다른 행복을 주는 소중한 일터가 된다.

처음부터 그런 생각으로 일을 한 것은 아니다. 여기저기서 방송으로, 혹은 전화로 나를 부를 때마다 나의 존재 가치를 느끼며 기쁨으로 응하게 된다. 그 일은 환자와 외국인 직원과의 의사소통이나 환자의 간호를 돕기 위해 중간 역할이 꼭 필요할 때가 많다. 목욕하기 싫어하는 어르신에겐 예쁘게 깨끗이 하고 옷 갈아입으면 자녀나 손자가 와서 아주 좋아할 거라고 권한다. 약을 먹지 않으려는 어른은 설득시켜서 약을 왜 먹어야 하는지 먹지 않으면 어떻게 되는지 설명해 주며 드시게 한다. 때론 가족이나 직원들이 얼마나 어르신을 사랑하는지, 그리고 얼마나 귀한 존재라는 것을 인식시켜 드린다. 나의 설득이 효과를 볼 때는 마치 해결사가 된 것처럼 뿌듯해 오는 기쁨이 이루 말할 수 없이 크다.

외로워하거나 우울해 있는 어른들에게는 다정하게 손을 잡아드리거나 칭찬 한마디라도 찾아서 해드린다. 그러면 초롱초롱한 눈빛 속에 반짝반짝 생기 있는 어린 아기의 얼굴로 바뀌는 것을 볼 수 있다. 혹 치매 걸리신 노인이라도 아주 귀여운 때가 많다. "여보 나 어떻게? 어디로 가야 해?"라든가 "마미야, 이리 와!" 혹은, "야, 어디가, 같이 가자." 할 때는 어린 아기가 아니고 무엇이라고 해야 할까. 내 몸이 그리고 발이 열 개 아니 백 개라면 다 채워드릴 수 있을까. 다 해드리지 못한 아쉬움과 연민을 등에 없고 퇴근을 할 때도 많다. 마치 고령화 시대에 미래의 우리들의 모습이기도 하지 않은가. 난 저렇게는 되지 말아야지 하면서도 그렇게 되어가고 저렇게 될 수도 있을 것 같기에 한편 씁쓸해진다.

　언제부터인가 스승 꽃이 내게 다가와 손을 잡아줄 때 내가 꽃이 된 것 같았다. 그녀가 나를 별이란 언어를 입혀주어 시인으로 불러주었을 때 내 존재가 살아난 것처럼 말이다. 난 내 일터에서 만나는 모든 사람을 반짝반짝 빛나는 별을 보듯 대하리라. 그들의 눈 속에서도 생기 있는 별빛을 보았듯이.

그대의 윙크는 무엇을 말하는가

남편의 생일을 맞아서 아들의 저녁초대를 받아 플러튼에 있는 전통 설렁탕집에서 식사를 했다. 먹는 일보다 손녀를 보는 일에 온 관심이 쏠려 있었다. 돌을 지난 첫손녀가 남편을 닮아서인지 나보다 할아버지에게 더 끌리는 듯했다. 며느리가 아기에게 "할 아버지 윙크!" 하니까 손녀가 윙크를 하는 것이다. 우리는 박수를 치며 좋아했다. 남편은 그 모습에 그만 뿅 간 표정이다. 손녀를 안고 위로 올려주고 함께 손잡고 걷고. 식당에서 사람들이 다 쳐다보는데도 개의치 않고. 윙크 한 번에 말이다.

며칠 전 직장의 병원장 M이 나에게 야릇한 윙크를 했다. 그는 30대 중반, 키가 크고 핸섬한 유태인 남자다. 내가 일하는 사회복지 사무실(Social Service Office)에는 나와 바로 위 상사인 한국 남자, 사회복지사(Social Walker)가 서로 다른 책상 앞에 앉아서 컴퓨터로 업무를 보고 있었다. 멋있는 정장을 한 병원장 M이 출근하자마자 우리 사무실 문 앞에 서더니 "Good

Morning, Hi Esther!" 하면서 내게 윙크를 두 번 하는 것이 아니닌가? 난 당황해서 내 왼쪽 편에 앉아 있는 상사 Mr. L을 쳐다보았다. 그도 그 모습을 본 것이다. 이게 무슨 상황이란 말인가, 난 놀랍고 기가 차서 눈을 크게 뜬 채 멍하니 바라보았다.

분명 웃으면서 깊은 윙크를 내게 보냈다. M이 자리를 떠난 후 상사 L에게 물었다. "선생님도 보셨지요? 이걸 어떻게 받아들여야 하지요? 전 기분이 아주 좋지 않은데요." 했더니 내게 "Mrs. Shin이 웃었잖아요."라고 한다. 나는 "제가요? 전 하도 기가 막혀서 웃음이 나온 것이었어요."라고 말했더니 "그럼 요즘 그런 것을 'Elder abuse'(노인 희롱)라고 하는데…"라고 말했다. 나의 불쾌한 기분과 상황을 알지 못하는 나의 상사까지도 그렇게 볼 수밖에 없다면 다른 주변사람은 얼마나 더 오해를 할까 싶어 영 쓸쓸해진다.

나는 남에게 윙크를 해본 기억이 없다. 내가 워낙 애교가 없어서 그런지 오히려 남편이 눈웃음치는 것은 여러 번 보았다. 그것이 의미 있는 윙크라고는 생각해 본 적이 없다. 남편이니까 가볍게 내게 장난치는 정도로 생각했다. 지금까지 살면서 어떤 남자로부터 윙크를 받아본 적도, 기대해 본 적도 없었다.

요즈음 은퇴시기를 놓고 결정을 못하고 우왕좌왕하는 중이다.

사실 새 직원이 늘 내 자존심을 건드리고 잘난 척을 하니까 자격지심이 생겨 일에 대한 사기와 의욕이 저하된 것도 이유 중 하나다. 그녀가 새로 들어오던 작년부터 내 신경은 곤두서기 시작했다. "저는 병원장 Mr. M의 love call을 두 번 받고 Director로 부임한 Y입니다."로 시작해서 나를 제압하려 들고 마치 나의 보스 행세를 하는 것이었다. 내 상사, Mr. L이 엄연히 있는데도 말이다. 어이가 없었지만 참고 지냈다. 영어와 스페인어를 하는 데다 젊기까지 해서 고용되었나 생각했다. 그러나 말과 행동이 얼마나 얄밉고 도도한지 대화할 때마다 내 속을 후벼놓는 것 같았다. 학벌이나 경력이 결코 나보다 나은 것이 없는데도 나의 상사에게조차 지시를 하고 병원장에게는 직통으로 고자질하며 큰소리를 치고 다녔다.

갈수록 나의 심경은 불편하고 자존심이 상하기 시작했다. 몇 번 상사 L에게 고충을 얘기했지만 소용이 없었다. 여러 차례 고민하다가 관계직원에게 나의 불편이나 고충(Grievance)을 말로 털어놓은 적은 있었다. 그래도 분이 풀리지 않았다. 너무도 불공평하게 당하고 대우받는 일이 억울해서 몇 개월 전에는 문서로 고충당하는 것을 병원장에게 보낸 적도 있었다. 영어로 한 페이지의 수필 같은, 아마도 나의 부당한 대우와 억울함을 호소했던 글이 병원장 M의 마음을 움직인 것 같았다.

그가 나를 부르는 일은 거의 없었는데 얼마 전엔 슈퍼바이저 미팅에서 나를 부르고 직원 앞에서 나의 경력과 노고를 치하해 주었다. 우리 모두가 하나이고 가족이니 서로 의사소통을 잘해서 우리 병원이 최고점수(Five Star)를 받게 전문가답게 일하자고 이야기했다. 나도 고개를 끄덕이며 긍정적으로 노력하겠다는 반응을 보이자 병원장 M이 제일 먼저 '아멘' 하고 직원이 연이어 '아멘' 한 후에 회의를 마쳤다.

윙크의 진정한 의미는 무엇일까? 연령에 따라 다르고 속 마음가짐에 따라 다를 것이다. 그가 어떤 마음으로 내게 윙크했는지는 정확하게 알 수는 없으나, 누가 뭐라고 생각하든 상관없다. 나는 그의 윙크가 나이가 많은 나를 위로하고 격려하는 뜻이라고 가볍게 생각하니 그리 기분이 나쁠 것도 없고, 희롱당한 기분도 들지 않는다. 상대방의 윙크를 어떻게 해석하고 받아들이느냐는 것은 내 몫인 것 같다.

어린 손녀딸이 할아버지를 반하게 했던 것처럼 나도 언젠가는 누구에게 꼭 필요한, 삶의 활력소가 되는 눈웃음 한번 쳐볼까. 좀 더 연습을 해서라도 누군가를 기분 좋게 만들었으면 좋겠다. 아니 축 처져 있는 누군가의 어깨에 엔도르핀 역할을 하는 윙크 한번 멋지게 날리고 싶다.

하나씩 떨어버릴까

싱싱하고 무성했던 나뭇잎이 노랗고 붉게 옷을 갈아입고는 힘없이 떨어진다. 가을을 영어로 Fall이라 쓰는 이유가 너무도 그럴 듯하다. 올 가을이 전처럼 운치 있게 생각되지 않는 이유가 뭘까. 은퇴를 준비해야 한다는 무거운 마음인가. 뭔가 붙잡고 싶지만 떨어버려야 하는 것들에 대한 내적 갈등과 번민이 나를 사로잡는다.

직장일이 점점 익숙해지면서 단련돼 되어 즐거움마저 생겨나 있다. 그러나 나보다 더 능률적으로 일하는 젊은이들의 싱싱함을 보면서 위축되기도 한다. 그동안 나만의 노하우와 자신감으로 주위환경에 흔들리지 않고 일해 왔다. 올해는 그것도 시들해지는 기분이 든다. 내 나이도 단풍처럼 옷을 갈아입고 언젠가는 떨어져야만 할 것 같아서일까. 나뭇가지에 꼭 붙어 있고 싶어도 그러면 안 되는 것이겠지. 떨어지기도 하고 땅바닥에 굴러 밟히기도 하고 심지어는 땅 속에 파묻혀 썩기도 해야겠지. 이듬해 봄

106

이 되면 다시 연녹색으로 태어나 잎이 생길 때까지는…. 그 과정
이 꼭 필요한 것이리라.

　은퇴라는 말을 미국에서는 'retire'라 쓴다. '묵은 타이어를 다
시 갈아 끼운다'는 뜻이다. 나의 은퇴 역시 더 잘 달려가기 위
해 나를 한번 갈아 끼우는 일이라 생각하면 큰 위안이 된다. 그
렇다. 은퇴를 앞둔 지금은 인생의 가을이라고 할 '절묘한 시기'
다. 미리 미리 떨어질 준비를 해보는 것이다. 헤어지기 싫은 관
계의 사람들과도 자연스럽게 어느 정도는 떨어져야 한다. 안위
하게 지내던 거주지의 환경도 바꾸어야 한다. 앞으로 현재보다
는 더 좁은 공간에서 살기 위한 준비도 해본다. 그렇게 하기 위
해 내 주위환경을 좀 더 간소하고 단순하게 만들 것이다. 집 안
에 있는 물건부터 최소로 줄이고 없애야 한다. 마치 더 좋은 열
매를 맺기 위해 가지치기를 잘해야 하듯이 여지없이 살림살이와
옷 종류를 쳐낼 것이다.

　가을이 주는 의미를 생각해 본다. 나를 다시 점검해 보고 새
롭게 시작할 준비를 해야 할 것 같다. 그저 낙엽처럼 쓸쓸하게
떨어져나가 버리는 그런 의미의 가을이 아니기를 바란다. 그동
안 열심히 달려가기에만 바빠서 나와 내 주위를 돌아보지 못했
다. 이젠 나를 다시 정립하기 위해 철저히 바뀌어져야 할 것이
다. 누군가와의 관계도 나중에 후회 없도록 하련다. 계절이 바뀌

어 다시 오고가듯이 사람과의 만남도 다시 만남을 위한 잠깐의 헤어짐이라 생각한다.

올 가을은 재충전을 위한 준비의 계절로 받아들인다. 옷도 곱고 멋지게 입고 싶다. 지는 해가 더 아름답듯이 언젠가는 내 삶의 하이라이트가 될 수 있게 준비를 해야겠다. 그래서 정말 내가 은퇴를 하게 될 때는 모두가 아쉬워하며 부러워하게끔 나에게 당당해지고 싶다. 후회나 미련 없이 새로운 일에 도전하기 위해 휴가를 가는 마음으로 가볍게 떠날 준비를 하는 거다. 이것이 올 가을이 내게 준 진정한 의미의 교훈이며 선물이다.

공주 같은 마님, 내게 온 자리

"어부인 마님, 식사하십시오."
어울리지 않은 남편의 말에 좀 어색했지만 어쩔 수 없다.
"아유, 매끼 식사 받아먹기 참 그러네."
"고마워요, 여보. 나 물 좀. 그리고 커피는?"
초여름에 행운처럼 내게 찾아온, 정말 낯설고 어울리지 않는 공주 같은 마님 역할은 이렇게 시작되었다.

혼자 밀린 일 하며 집에서 푹 쉬고 싶은 어느 토요일, 낚시를 좋아하는 아들과 남편이 나를 불러냈다. 공기 좋은 빅베어 호수에 가서 푹 쉬다 오자고 해서 망설이다가 아침 일찍 집을 나섰다. 아들은 잡히지도 않는 물고기를 잡기 위해 열심히 낚싯밥을 끼워 물에 던져놓고 최신형 작은 버너에 컵라면 한 개씩을 끓여 댄다. 아침 호수는 내게 추웠다. 가져간 시집을 몇 줄 읽다가 담요를 무릎에 덮고 호수 주위를 바라보았다. 올라올 때 본 6월의 눈 쌓인 산도, 나무도 그 어떤 것도 특별한 시상을 떠오르게 하지는 못해도 바라보는 그 자체만으로도 내겐 큰 휴식이 되었다.

라면에 미리 사간 김밥을 먹고 나니 졸음까지 왔다. 낚시도 산책도 아무것도 하고 싶지 않았다. 지루해져서 "얘, 너무 조용해서 고기가 잡히지 않는 것 아니니? 사람들이 많은 곳으로 가서 낚시 밥을 던져야 고기들이 점심 먹으러 나와서 잡히지 않을까?" 낚시에 대해 알지도 못하면서 던진 말이었다. 결국 아들과 남편은 자리를 옮겼다. 차를 타고 더 아래 호수로 내려가 파라솔을 치고 분주한 작업을 하고 있었다. 난 차에서 쉬고 싶다고 내려가지 않았다.

그때가 벌써 오후 1시가 넘었으니 차안은 무척 더워져 더 이상 버틸 수가 없었다. 나는 주섬주섬 소지품을 챙겨 밖으로 나와 아들 있는 곳으로 내려가야 했다. 평탄한 길이 보이지 않았다. 어디로 내려간 것일까? 길을 찾다가 좀 가파르게 보였지만 쉽게 내려가려고 몇 발짝 내려가다 발을 잘못 디뎠는지 순간 급속도로 앞으로 고꾸라지고 말았다. 왼쪽 발목이 틀어지는 느낌에 무릎까지 아파서 일어날 수가 없었다. 한참을 흙바닥에 엎어져 끙끙대었다. 햇볕은 쨍쨍했다. 풀잎과 흙내음이 시원하게 내 코를 자극하면서 위로하는 듯했다. 하지만 등위로 쏟아지는 볕은 점점 뜨겁고, 발목이 아파 더 누워 있을 수가 없었다.

남편을 불렀다. 목소리가 심상치 않았는지 두 남자가 달려와 나를 부축해서 일으켰지만 도저히 걸을 수가 없었다. 발목이 부어올라 테니스공만 했다. 나는 겨우 차에 실려 집에서 가까운 세인트 빈센트 병원까지 와 응급실로 부축을 받으며 들어갔다. 여기저기 엑스레이를 찍은 결과 발목골절에 무릎파열까지! 부목을 대어 붕대를 감아주고 목발 사용법도 알려주며 정형외과 전문의를 꼭 만나보란다. 간호사가 내게 "어떻게 머리는 하나도 상하지 않았네요." 한다. 그렇다. 내가 머리를 들고 일어났을 때 내 앞에 큰 바위가 앉아 있었다. 내 키가 조금만 더 컸어도 내 머리는 큰 바위에 부딪쳐 아마 살아남지 못할 수도 있었다. 생각만 해도 아찔하다.

그 어느 때보다 감사한 마음으로 주일을 보내고 월요일 아침에 정형외과 주치의를 만났다. "복숭아뼈에 금이 갔네요. 수술은 하지 않아도 되는데 그 뼈가 붙으려면 3개월은 걸립니다." 그만한 것이 얼마나 다행인지 벌써 다 나은 기분이 들어 마음이 가뿐해졌다.

적어도 3개월간은 나보다 남편이 가장 바쁜 자가 되었다. 식사준비도 혼자 해야 했고, 화장실 가는 데까지 나의 손과 발이 되어줘야 했다. 외출할 때는 휠체어에 발 받침대를 끼고 빼는 일, 밀어주고 차에 태우고 내리는 일도 남편 몫이었다. 나로서는 환자를 도와주는 일에 더 익숙한데, 내가 환자가 되는 경험은 오히려 많은 인내심을 필요로 했다. 직장에서 말버릇처럼 '아 쉬고 싶다. 이제 일 그만해야지. 왜 나만 이렇게 바빠야 돼?' 하면서 속으로 불평했었다. 이렇게 환자가 되어 쉬게 될 줄 어찌 상상인들 했겠는가.

누군가 말했다. 피할 수 없으면 즐기라! 정말 그렇다. 내 현실의 상황을 내가 만든 경우가 참 많다. 하지만 원하든 원치 않았든 피할 수 없이 주어진 일이라면 감사하며 즐길 일이다. 생각해 보니 내가 메디케어 카드를 받은 후에 일어난 일이어서 백 퍼센트 의료혜택을 다 받을 수 있었고, 왼쪽 발만 다친 것도 얼마나 다행한 일인지 모른다. 원하는 대로 은퇴할 명분도 얻었다. 이 일은 나아가 빨리 시니어 아파트로 이사하는 동기도 되었다. 다친 발목이 오히려 내겐 효자가 되어준 셈이다. 한동안 나는 다리를 올려놓고 누워서 할 수 있는 일은 책 읽는 것과 스마트폰을 사용하는 것이었다. 그동안 못 읽은 책을 누워서 읽다 자고, 음악도 들으며 먹고 푹 쉬는 공주 같은 행복을 이렇게 누리게 될 줄이야. "여보, 나 일어나게 좀 도와줘요."

운동에 몰두하느라

나는 원래 나의 건강에 관심이 전혀 없었다. 스스로 비교적 건강 체질이라고 단정했기에 더구나 운동은 하지도 않았고 나의 관심 밖이었다. 이제 은퇴했으니 쉬면서 하고 싶은 취미생활을 자유롭게 할 수 있으리라 기대하고 있었다. 그것은 오산이었다. 이미 내 몸은 나도 모르는 사이에 여기저기 고장이 나고 있었다.

그때 K씨로부터 전화가 걸려왔다. 그녀는 얼마 전 내가 다리를 다친 후유증으로 아파한다는 소식을 들었다고 한다. 빨리 YMCA에 가서 스파의 더운 물에 다리를 치대야 낫는다는 K씨의 성화에 결국 등록을 했다. 그녀는 일부러 시간을 내어 YMCA로 찾아와 상세하게 설명을 해주며 사용 방법을 알려주었다.

첫날은 그녀가 인도하는 대로 따라다녔다. 큰 풀, 중간크기 풀 그리고 핫 스파가 있었다. 먼저 핫 스파에 들어가 몸을 푼 뒤에 중간크기 풀의 미지근한 물에 몸을 담갔다. 그곳엔 나보다 훨씬 나이가 들어 보이는 어른들이 먼저 와 있었다. 그들은 무릎이 좋지 않아 다리는 저는 내 상태를 벌써 알아차리고 내게 갖가지 방법을 알려주었다. 90은 돼 보이는 분이 말했다. "다른 방법이 없어, 그저 물에서 한 시간 이상 놀며 다리를 치대니까 저절로 아픈 것이 없어졌어. 그래서 나는 매일 오지." 또 어떤 이는 "나도 침을 몇 달을 맞았는데 소용없어. 결국은 여기 와서 났어. 의사가 수영장에 가라고 그러지 뭐야." 했다. 물속에서 몸을 흔들거나 종종걸음을 걷거나 하면서 모두 한마디씩 건넸다. "아 그렇군요. 그럼 저도 이제 나을 수가 있겠네요." 나는 절로 힘이 나는 듯했다.

이렇게 이곳에 다닌 지 일이주쯤 지나서이다. 하루는 수영장 물속에 좀 오래 있었더니 춥고 피곤해서 사우나에 들어가게 되었다. 한 여인이 허리가 아프다며 반듯이 누워 있어야 한다고 내 옆에서 벌렁 드러눕기에 자리를 비켜주었다. 내가 무릎을 만지고 있을 때 어떤 백발의 외국 남자가 먼저 말을 걸어왔다. 자기는 낚시하다가 파도에 덮쳐 쓸려가 바위에 부딪혀 부상을 입고 걷지도 못했단다. 수술하고 요양원에 있다가 퇴원해서 물리치료를 받은 후, 두 주 만에 걷게 되었다고 한다. 그의 한국인 물리치료사가 잘해 줘서 치료효과를 보았다는 것이다. 그러더니 그 사무실까지 자세히 알려주는 거였다. 넓지 않은 사우나 장소는 다인종의 남녀들이 섞여서 나름대로 아픈 경험과 사연을 털어놓으며 건강을 위한 정보교환을 서로 나누는 공간이 되기도 했다.

건강관리는 젊어서부터 꾸준히 했어야 했다. 이제라도 시작했으니 참 다행이다. 정형외과 의사는 내게 통증 완화를 위해 찢어진 무릎의 연골조형시술을 권했으나 나는 거절했다. 경험자들의 말을 참고해서 물속에서 걷기부터 했다. 최근에 나의 걸음걸이가 조금씩 달라지고 있다. 팔과 다리를 올리지 못해 힘들어했는데 수영을 한 뒤에 조금씩조금씩 올릴 수 있게 되었다.

이곳에 다니면서 건강에 대한 관심이 더욱 생겼다. 시간을 짧게 내서라도 하는 전신 운동은 이제 빼놓을 수 없는 일상이 되었다. 나를 챙겨주며 물속에서의 운동을 권유했던 K씨가 아니었다면 지금 어떠했을까. 진통제와 의사에게만 의존하고 있었을지도 모른다. 그동안 K씨가 보이지 않아 만나지 못했다. 왠지 그녀의 건강이 궁금해져 찾아가 봬야지 했는데…. 그녀가 심장마비로 세상을 떠났다는 소식을 이웃을 통해 접하게 되었다. 내 몸의 건강만을 챙기느라 그녀에게 감사의 말조차 제대로 전하지 못하고, 신경 쓰지 못한 나를 한참동안 질책해야만 했다.

한치 앞을 보지 못하고 예측하지 못하는 인생임을 알면서도 늘 뒤늦게 '아차' 한다. 나의 생활에 다시 우선순위 조절이 필요함을 절실히 깨닫는다. 나의 정신과 영혼까지 건강하게 사는 방법도 분명히 있을 터이다. 그러나 내 몸을 위해 운동에만 몰두하다 보니 더 중요한 것을 놓치고 산 것 같아 영 찌뿌둥한 맛을 다실 수밖에 없다.

비우기

　비운 후의 그 홀가분한 기분은 채울 때의 기쁨보다 훨씬 크다는 것을 새삼 깨닫는다. 작년 이맘때 이사를 하며 짐을 없애느라 고생을 했다. 무조건 다 버리면 좋으련만 그게 쉽지 않다. 이것은 귀하고 필요한 것이니 버릴 수 없고, 저것은 기념되는 것이니 버리지 못해 간직해야 했다. 또 언젠가 필요해질 것이라고 보유하느라 쌓이고 또 쌓인 짐이다. 작은 곳에 맞추느라 삼분의 일은 나누어 주고도 버리다시피 했다.

　1년 만에 이번엔 교회로 사용하는 공간을 비웠다. 건물 사용을 할 필요가 없으니 사용하던 물건도 없애야 한다. 코로나 사태로 재봉쇄되어 교회 건물이 필요가 없어졌다. 교인들과는 라이브 영상으로 예배를 드린다. 교회 건물 사용비에 보험료, 전기와 물값 등 계속 지출만 하게 되니 더 이상 버티기는 오히려 낭비였다. 교회 기물과 살림살이 물건을 두 달 동안 치우고 버리고 이웃과 나누었다. 책은 다시 우리 집으로 왔다. 큰 짐은 테이블과

장의자와 피아노, 캐비닛, 책장이었다. 공짜로 주겠다고 아들이 미국의 지역생활정보 사이트(offer up and craigslist)에 여러 차례 광고를 내주었다.

없앨 물건을 가져가 주는 사람이 그렇게 고마울 수가 없다. 거저 주는 기쁨도 딸려왔다. 정말 물건이 큰 짐이었다. 몇 사람이 금방 가져갈 듯 약속을 한 후 차 안으로 들어갈 수 없는 크기여서 못 가져간다고 다시 문자가 오기도 했다. 기대가 사라지고 또 근심이 찾아들었다. 비워줄 날짜는 점점 다가오니 불안이 덮쳐왔다. 몇 차례 그런 일이 있은 후 또 다른 연락을 기다릴 수밖에 없었다.

다음날 아침 장의자와 피아노를 가져가겠다는 극적인 전화가 왔다. 샌디에이고에서 유홀을 빌려 세 시간 동안 운전해서 오니 오후 3시가 넘었다. 티화나에서 선교를 돕는 젊은 외국인이 장비를 갖고 와서 장의자와 피아노를 뜯어 실어가는데 밤 9시까지 작업을 했다. 남편은 음료수와 김밥을 대접해가며 작업을 도왔다. 장의자를 하나하나 뜯어서 유홀에 실어 나르느라 시간이 그렇게 많이 걸릴 줄 몰랐다. 오래된 베이비 그랜드 피아노도 뜯어서 가져갔다. 우리는 비우게 되어 고마웠다. 상대는 거저 얻어 필요한 선교지에 보내게 되니 하나님이 주신 것이라며 너무도 고마워했다. 교회 기물이 다시 필요한 교회로 가져가 사용될 것이니 마음이 뿌듯했다.

이번에 이런 일을 겪으면서 비우는 일에 대해 새삼 느끼는 바가 많다. 코로나로 직장을 잃거나, 사업체를 접거나, 집을 잃고 비워줘야 할 사람들이 얼마나 더 많을까. 내가 겪은 일보다 더 어려운 상황에 처해서 밤잠을 못 자고 고민을 하겠지. 난 먼저 비우기를 겪은 자로서 그 일이 결코 실망스럽지는 않다는 것을 안다. 어쩌면 오히려 짐을 덜어 홀가분해지고 새로운 출발을 하게 될 것이다.

난 요즈음 하찮은 냉장고 속을 비우는 일조차 행복을 느낀다. 하나씩 비우니 그 사이로 잊은 음식이 보이고 먹을 것과 버릴 것이 보인다. 물건 사이에 공간이 생기니 또 채울 수 있는 공간이 많아지는 것이다. 비울 때 더 큰 충만감이 찾아옴을 비로소 알게 된다. 그뿐 아니다. 내 몸에 필요 이상으로 쌓인 지방을 줄이는 데 1년 더 걸렸다. 조금씩 몸무게가 감소해지면서 가벼워지는 내 몸도 비우기 덕분이다. 이젠 매일 정신적으로 육신적으로 비우지 않으면 건강에 적신호를 느낀다.

어차피 인생이 끝날 때 실오라기 하나 갖지 못하고 떠난다는 것을 안다면 미리미리 비우기를 연습한다 생각하자. 비우는 일은 채우는 일보다 훨씬 가볍고 행복하다는 것을 알기까지 시간이 걸리고, 인내와 결단이 따를 뿐이다. 일단 뭐든지 비우고 나면 가벼운 날개를 다는 것이다.

순수한 맛과 사람

"난 뭐든지 섞는 음식은 딱 싫어."

남편의 말 한마디가 내 신경을 곤두서게 했다. 그동안 '삼식'을 해대느라 짜증이 난 데다 그런 말을 들으니 그만 감정이 폭발해 버렸다.

"섞지 않고 되는 음식이 어디 있어? 당신과 나도 섞이지 않았어? 그래도 우리가 섞이니까 두 아이까지 낳고 지금까지 잘 살았잖아. 그럼 결혼은 잘한 거지? 당신 순수 좋아하는데 그럼 애당초 결혼을 하지 말았어야 해."

"그래서 난 신부가 되려고 했어."

"난 수녀가 되려고 했지."

남편은 한 발 물러서는 듯했지만 그래도 할 말은 하는 사람이다.

"순수한 사람은 이 세상에 하나도 없어."

아침 식사로 오트밀을 전날 남은 국에다 끓이거나 갖은 야채를 넣고 끓여 내놓는 경우가 많았다. 남편은 그게 '꿀꿀이죽' 같다며 억지로 먹는 시늉을 해보이곤 했다. 이것저것 섞는 음식을 갈수록 싫어한다. 뭐든지 단순하고 순수한 전통 맛을 찾는다. 오늘 아침도 마찬가지였다. 남편의 그런 취향을 나도 잘 안다. 그러나 살다 보니 그걸 잊기도 하고, 남은 음식 재료를 먼저 없애야 해서 절로 혼합 식사를 준비하게 된다.

나이가 들어간다는 증표일까. 남편의 입은 갈수록 까다롭다. 입이 쓰다고 했다가 입맛이 없다고 하다가, 어떨 때는 잘 먹고 나서 배가 아프다고 할 때도 있다. 타고나기를 위장 계통이 예민했다고 하니 이제 와서 어쩌라는 건가. 같은 음식을 먹어도 나는 아무렇지 않게 잘 먹는데 남편은 걸핏하면 탈이 난다. 그러니 음식을 할 때마다 바짝 신경을 쓰지 않으면 안 된다. 내가 요리를 잘 못하는 편인데, 그래도 젊었을 때는 남편이 그런 대로 맞춰가며 봐주더니 요즈음은 그러지도 않는다. 혹시 나에 대한 순수했던 마음마저 탁해져 간 것은 아닌지?

순수한 맛을 낸다는 것은 어떤 것일까. 한 가지 재료만으로 그 음식의 특성을 잘 드러내는 게 아닐까 생각해 본다. 그런데 섞지 않고 되는 음식이 어디 있을까? 조미료는 안 친다 해도 소금이라도 섞어야 맛이 나지 않은가. 음식 맛 그 자체로는 '맛나는' 상태에 도달하지 못하니 뭐라도 섞어보려는 마음이 생겨난 건지도 모른다. 혹 내가 순수치 못해서 순수한 음식 맛을 못 내는 것은 아닐까 고민도 해본다.

　과연 순수라는 말이 물질이나 사람에게 있을 수 있는지조차 아리송해진다. 특히 순수한 맛을 내기는 더 쉽지 않다. 백 퍼센트 순수는 아니어도 많이 섞지 않고 단순한 맛으로 재료의 특성을 살려 그 맛을 느끼게 하는 것이라 생각한다. 아마 담백한 맛을 말하는 것 같다. 순수한 사람 역시 불순한 생각이나 마음이 더럽혀지지 않고 깨끗하고 정직하면 순수에 가까운 사람이 되는 것이리라. 그런데 어떤 사람은 왜 느끼하다고 표현할까? 사람에게도 느끼한 맛과 순수한 맛이 느껴지니까 나온 표현 아닐까. 겉모습에서 보기만 해도 느글느글 역겹게 느껴지는 사람이 있지 않던가. 사실 남편에게서 느끼한 기분이 들었다면 지금까지 내가 어떻게 40년 이상 살아왔겠나. 서로 지내다 보면 그 속마음까지 읽게 되어 순수한지 그렇지 않은지 알게 되니 자연스레 사람에게도 맛으로 표하는 것이 그리 낯설지는 않다.

　사람이 살다 보면 눈에 보이게 또는 보이지 않게 겉과 속이 때가 타기 쉽다. 하지만 나이가 들어갈수록 순수해진다면 얼마나 좋을까. 욕심도 없고 마음이 곱고 때가 묻지 않은 천진난만한 어린아이와 같은 마음을 소유한다면 순수하다고 할까. 사람들이 좋아하는 사랑도 순수할 때 가장 아름답고 기억에 남지 않던가. 생각해 보니 순수라는 단어 자체가 참 고귀한 것 같다. 우리가 함부로 순수를 논하기엔 갈수록 어려운 일이다. 그럼에도 불구하고 아직도 우리는 순수한 사람을 좋아하고, 순수해지고 싶고, 그래서 점점 순수한 맛도 찾게 되는 것은 아닐까 생각된다.

이제 남편은 더 이상 음식 맛에 대해서는 말이 없어졌다. 한바탕 나와 순수논쟁이 있고 난 뒤 본인부터 순수해지고 있는 걸까. 나도 순수한 맛을 내기 위해 뭐든지 아무거나 섞는 일은 자제하고 있으니 역시 순수한 맛도 내고, 순수한 사람도 되고 싶은 거다.

김치처럼 무르익는 가을

올해도 어김없이 가을이 스친다.

가을은 언제나 내게 의미 있는 추억을 만들어준다. 눈물로 쓴 단감 이야기는 내게 수필문학을 접하게 했다. 해마다 찾아오는 가을은 또 다른 나를 발견하고 다듬게 한다. 올 가을은 김장 김치처럼 한번 붉게 무르익고 싶다.

내가 서울에서 지낸 소녀 시절, 가을이 되면 어머니는 늘 김장 걱정을 하셨다. 그럴 때마다 내게 "네 큰오빠에게 편지 좀 써라." 하셨다. 큰오빠가 미국 유학을 떠난 1970년 그해부터다. '비행기만 지나가도 엄마는 한숨이다', '나의 이상형 오빠 생각이 절로 나는 가을이다' 등등으로 채운 내 편지는 매번 오빠와 올케 마음을 움직였다. 한 달 안에 어김없이, 오빠는 아르바이트해서 힘들게 번 100달러를 보내주셨다. 어머니는 그것으로 식구들이 추운 겨울을 날 수 있는 김장을 준비하였다. 나는 그때마다 엄마의 김장을 돕는 일꾼이 되었다. 그러느라 고2 때 누구나 가는 수학여행도 못 갔다. 어른이 된 뒤, 그 시절 내 몸에서 김치냄새가 났다는 얘기를 친구들에게 들었다. 배려 깊은 그 좋은 친구들은 내가 상처받을까 봐 차마 말을 못 한 것이다. 「친구」라는 시를 읽을 때, 그 시에 나오는 김치 얘기가 바로 나 같다는 이야기를 했다. 그런 사실도 내가 미국 가서 살다가 한국에 와서 그 친구한테 직접 들었다.

김치와 함께 살아온 내가 실제로 김치와 친해진 건 미국에 와서 산 지 한참을 지나서다. 미국에 와서도 김치를 담가 먹고 살아서 불편을 모르고 살았다. 그런데 이민생활 몇 년쯤 지나서였을까, 어쩌다 몇 주 동안 김치 없이 지낸 적이 있었다. 그러다 어느 모임에 갔다가 김장김치를 먹었다. 캬! 하는 감탄사가 저절로 내 입에서 나갔다. 그걸로 끝이었다. 그날 밥 한 그릇을 그 김치만으로 먹었던 것 같다. 그렇게 김치 맛을 느끼자, 김치 자체의 소중함도 그만큼 커지는 느낌이었다. 그러다 보니 김치와 아주 친해졌다. 김치만 있어도 주부의 반찬 걱정은 반으로 준다. 아무리 화려한 잔칫상이라도 김치가 빠지면 다른 음식도 맛있게 먹을 수가 없다.

물론 김치 맛을 제대로 내는 일은 쉽지만은 않다. 김치의 원자재인 배추의 처지에서 보면 참으로 '참고 죽는' 과정이 필요하다.

126

배추는 칼에 베이고, 소금에 절여 죽고, 시뻘건 양념 밭에 무쳐서 죽고, 김치 병 안에 푹 익도록 숨죽었다가 다시 칼에 베여 입안 절구에서 씹힌다. 그때 비로소 너와 나의 입맛을 살려주는 최고의 건강식이 된다.

이 가을에 이왕이면 예쁜 단풍처럼 붉게 물들어 푹 익어가고 싶다. 외형적인 모습뿐만 아니라 나의 생각도 성품도 성숙해진다면 사람도 점점 익어간다고 표현하지 않겠나. 기왕이면 내가 맛있게 익은 김치처럼 푹 익어서 누구를 한번 살맛나게 해보고 싶다. 그렇게 되기 위해 먼저 불쑥불쑥 올라오는 나의 자존심도, 욕심도, 섭섭한 마음도 참고 죽어야 할 텐데…. 김치처럼 적어도 여섯 번, 일곱 번을 어떻게 죽어 살는지 이 가을에 다시 한 번 김치에게 물어보고 싶다.

이 아침을 어찌 넘기랴

그러니까 딱 이틀 만이다. 우리의 아파트 문 밖에 내가 찾던 생선이 든 봉지가 나를 기다리고 있었다. 너무도 반가워서 열어보았다. 그날 버먼 갤러리아에서 산, 아직 녹지 않은 탱탱한 고등어 세 마리, 동태 두 마리, 그리고 오징어 두 마리가 웅크리고 누워 있었다. 그 외 생강 두 덩어리와 당근봉지가 영수증과 함께 고스란히. 와우, 오늘 아침에 이렇게 내 방 앞에 돌아와 다시 만나게 되다니!

지난 목요일 허둥대며 시내 볼일을 마치고 급히 돌아오던 날, 차선을 바꾸다가 옆 차를 긁었다. 그런 줄도 모르고 '찌지직' 하는 소리에 놀라 창문을 열고 오른쪽을 보니 상대방 여자 운전자가 "제 차는 서 있었는데 댁이 제 차를 박으며 지나갔잖아요." 하는 것이었다. "아, 네. 죄송합니다. 저쪽으로 가서 차를 세우지요." 그날 이렇게 사고를 내고 내가 사는 아파트에 돌아와 주차장에 차를 세웠다. 허겁지겁 마켓봉지 3개를 낑낑 메고 승강기

앞에 내려놓았다. 어찌나 무겁던지 생선봉지를 먼저 승강기에 올려놓는 순간 아무도 타지 않은 승강기가 짐만 싣고 먼저 문을 닫고 올라가 버렸다. 아무리 눌러도 다시 돌아오지 않아 하는 수 없이 나머지 마켓 봉지 2개만 들고 5층에 내려 터벅터벅 내 방으로 들어왔다.

남편은 늘 그랬듯이 열심히 컴퓨터 앞에서 일을 보고 있었다. 난 아무 말 없이 부엌으로 들어가 점심을 준비했다. 점심상을 차리면서 계속 나의 머릿속은 복잡했다. 차 사고 낸 것을 언제 어떻게 남편에게 말하지? 누가 내 마켓봉지를 주워갔을까? 아이고, 모두 잊어버리자. 누군가 필요한 분에게 나누어 주었다 생각하면 된다. 22달러 정도 외식했다 생각하면 된다. 아깝지만 하는 수 없지. 포기하자 하며 애써 잊으려 했다.

오늘 바삐 서둘러 집으로 돌아오는 길에 교통사고를 내었지만 다치지 않고 큰 사고가 아니었던 일이 얼마나 다행인가. 거기에 비하면 마켓봉지 하나쯤 없어진 것이 뭐 그렇게 큰일이라고. 그런데 사고를 낸 일은 남편에게 어떻게 말해야 할지 입이 떨어지지 않았다. 점심 식사 전에 말하면 서로 밥맛이 떨어질 것 같아 아무 일 없었던 듯 조용히 점심을 먹었다. 남편과 마주 앉아도 서로 얼굴이나 상대방 기분엔 무관심한 것에 익숙해진 탓인지 내 기분을 들키지 않은 것이 다행으로 여겨졌다. 물론 잃어버린 마켓봉지 일도 함구했다.

교통사고 낸 일은 나중에 조용히 남편에게 털어놓았다. 의외로 남편은 화도 내지 않고 평소에 나의 급한 운전이 우려했던 대로라며 차분하게 대응해 주었다. 상대방 차는 우리 보험으로 고쳐주기로 에이전트와 얘기되었다. 우리 차는 고치지 않고 그대로 사용하는 것으로 일단락되었다. 가격으로 따지면 교통사고를 낸 후유증이 얼마나 더 큰가. 당장 내년부터 보험료도 올라갈 것이다. 아들과 남편은 앞으로 내가 운전하는 일을 더 삼가라고 한다. 차를 몰고 나갈 일은 내가 더 많은데 일일이 버스를 이용할 수는 없으니 은근 걱정이다.

그럼에도 불구하고 난 그 마켓봉지가 돌아오지 않는 것이 자꾸 신경이 쓰였다. 그래서 아파트 매니저에게 누가 맡겨놓은 마켓봉지가 있는지 물어보았다. '전혀 없다'고 하면서도 찾아주려고 애쓰는 모습이 고마웠다. 그 이튿날도 물건을 찾았느냐고 오히려 내게 먼저 물어봐 주었다. 승강기에다 잃어버린 물건을 찾는다고 써붙일까 하다가 그것도 가져간 사람에게 너무 잔인한 것 같아서 포기했다. 어떤 한국인이 "저도 얼마 전에 똑같은 일을 경험했어요. 금방 없어져 영 못 찾았어요." 하는 말에 나도 이젠 정말 잊어버리자, 누군가 가져가 맛있게 먹으면 됐지, 하고 말았다.

그런데 오늘 아침, 생각지도 않던 생선봉지가 문 앞에 그대로 놓여 있는 것이 아닌가. 누가 냉장고에 넣어 보관까지 했다가 어떻게 우리 물건인 줄 알고 찾아주었을까? 생각이 꼬리를 물고 다시 상상하기 시작했다. 내가 사는 시니어 아파트는 히스패닉 계통의 외국인이 더 많이 살고 있는 곳이다. 분명 한국 사람의 물건인 줄 알고 한인이 사는 방 여러 곳을 돌다가 결국 내게? 어찌 되었든 고맙기 그지없다. 이번엔 정말 고맙다고 '탱큐 카드'를 써서 엘리베이터 앞에 붙여놓아야 내 마음이 더 뿌듯할 것 같다.

　오늘 돌아온 봉지가 내게 말할 수 없는 위로와 기쁨을 주는 것은 무슨 이유인가. 잃었던 아들이 돌아온 것도 아니고, 귀중품도 아닌 마켓봉지를 다시 찾은 것뿐이다. 그러나 마치 어머니의 따끈따끈한 생일 밥상과 선물을 받은 것 같은 감동이 내 안에서 요동하지 않은가. 차 사고로 인해 잃어버릴 경제적 손실에 비하면 찾은 물건은 하찮은 것에 불과하다. 그러나 따뜻하고 친절한 이웃이 주는 마음의 감동은 결코 물질의 크기에 있지 않음을 깨닫는 이 아침을 어찌 넘길 수 있겠는가. 이 사실을 내 기억 속주머니에 고이 간직하며 가끔씩 꺼내보련다.

합창을 하며

오래전부터 나는 노래가 부르고 싶었고 내심 잘 부르리라는 자부심도 있었다. 그동안 팬더믹으로 합창을 못하게 되자 대원들은 갈급함으로 마스크를 쓰고 모이기 시작해서 3년째 계속하고 있다. 매주 월요일 오전에 나는 혼자 있는 동생을 데리고 다닌다. 동생은 음악에 별 소질이 없어 겨우 따라가는데도 그나마 합창반에 가는 것을 좋아한다. 밝고 재미있게 가르치는 여자 지휘자가 좋아서이기도 하지만 어울리는 음악 분위기를 더 좋아하는 것 같다. 대원들의 따뜻한 정이 끈이 되어 모여서 새로운 곡을 배우고 익혀가며 곡을 소화해 낼 때의 기쁨과 즐거움은 느껴본 사람만이 알 것이다.

내가 속해 있는 LA여성선교합창단은 자체 발표회를 세 번 가졌다. 세 번째 발표회 때 소프라노 솔로를 맡은 분이 나오지 않아서 내가 그 파트를 혼자 담당했다. 열한 곡이나 되어 부담이 작지 않았지만 연습을 열심히 한 덕으로 무난히 넘어갔다. 그때

녹음한 것을 발표회 이후에 들었더니 아쉬운 대목이 많았다. 특히 마지막 곡에서 실수까지 했다. 전혀 어려운 곡이 아니어서 크게 긴장이 풀어졌는지 내 소리 파트에서 한 박자 먼저 음이 튀어나왔다. 그 이전에도 혼자 자신 있게 불러야 할 중요한 파트에서 두 소절을 놓친 적이 있어 다시는 실수를 안 해야지 했는데, 연습부족, 교만… 이런 말을 되뇌며 나는 다시 위축돼 갔다.

　평소 합창 연습할 때 나는 다른 대원이 틀리면 속이 부글부글해진다. 바르게 고쳐주고 싶어서 뒤를 돌아보며 손짓을 해댄다. 옆에 앉은 동생에게는 말할 것도 없이 노란 줄을 그어주며 잘 보라고 한다. 내가 전공자도 아니면서 조금 안다고 그렇게 나댔던 것일까. 우리 합창단 지휘자는 대원들이 수없이 틀려도 화도 한 번 내지 않고 손끝 하나로 우리의 소리를 조절한다. 그 인내가 정말 존경스럽다. 합창을 하면서 인내를 배우며 나를 돌아보게 된다. 반주자 역시 정확한 음을 쳐주어도 내가 미처 듣지 못해 놓치고 따라가지 못할 때가 얼마나 많은가. 합창도 서로의 소리를 들어가며 내 소리를 조절하지 않으면 아름다운 화음을 이룰 수 없으니 나를 먼저 조율해야 한다. 합창을 하면서 늘 지휘자를 보며 그 신호에 내 소리를 맞춰가야 할 것이다. 아는 곡도 당일 내 목 상태와 기분과 감정에 따라서 소리가 달라지고 박자와 음정이 흔들리지 않던가.

내가 속해 있는 성가대 지휘자는 유명한 솔로이스트인데 매주 연습을 시킬 때마다 어쩌면 그렇게 대원의 마음을 잘 읽어내고 상세히 찍어주는지…. 전공자들도 연주를 앞두고 완벽하게 하기 위해 백 번 이상 연습을 해야 한다고 한다. 전공자도 아닌 우리는 도대체 몇 번을 연습해야 완벽하게 부를 수 있겠는가. 다 알고 외웠다 해도 수없이 연습, 또 연습해야 할 것이다.

우리의 소중한 일상도 어쩌면 잘 살아가는 연습과정이 아닐까 생각된다. 서로를 배려하며 서로의 소리를 들어가며 합창을 하듯 산다면 무엇을 탓하랴, 누구를 탓하랴? 황혼 같은 일상에서도 나를 탓하고 고개를 숙이니 가는 길이 평화로워진다. 합창으로 서로의 소리를 듣고 어우르며 조율해 가는 길은 즐겁고 행복하다. 나아가 우리의 합창을 듣는 사람들이 공감하며 감동을 한다면 얼마나 더 행복할까.

제2부   시와 동시

풀잎 사이로

풀잎 사이로 걷고 싶다

청보리 연초록 새싹
수줍게 미소 띤 들밭
소록소록 고개 내미네

수많은 발자국에 짓밟히고, 짓밟혀도
더욱 곱게 돋아나고 있구나
억눌림 뚫고 끈기 있게

누구의 숨결일까
그 어느 힘도 막을 수 없는

뿌리는 밀어주고
햇빛은 당겨주는
하늘 가득한 사랑이 말해주는 걸

낮아져, 낮아져
풀잎 사이로 걸을 수 있다면

그들 사이의 대화를 들을 수 있고
푸른 꿈 나눌 수 있을 텐데

지금은 알 수 없다, 참고 견디자
짓밟힘도 축복인 것을

누구나 한때 연두색 연약한 새싹인 적이
초록이 되고 보면 아름다웠다고, 그리고
고마웠다고 말하게 되겠지

바람은 알고
사람 풀잎 사이로 불고 있다

(2013년 재미시인협회 신인상)

시인과의 만남

멀리서도 한눈에 들어오는
익숙한 얼굴

봄기운 가득 안고 들어오는
정겨운 그녀

문학이 치유라는 가르침
꿈틀거리는 나의 심장

접어두었던 문학의 꿈
설렘으로 다가와

행복을 매다는
의미 있는 만남,

그 후.

햇살 있어서

예고 없이 불어닥친
비바람
차라리 견딜 만했습니다.

후벼 파듯 가슴을 찌르는
언어
너무 아팠습니다.

다가와 어루만지며
얼음 눈 녹이는
봄볕

그대 있기에
참으로 따뜻해집니다.

그대는
햇살 한 줄기.

별에 취하고 나무를 따라가다

별 하나에
내 이름 새기고
한 그루 나무에 매어단다.

별빛에
나의 시 새기고
잎새에 띄우려다

별빛에 눈이 부셔
눈을 감고
바닥에 눕는다.

밤새 별을 세며
나무를 따라가다
길을 잃었다.

낮 숲 기르는 태양 아래
밤 숲 지키던 별들이
쉬러 간 사이.

도시 속 산장

이른 아침 새들의 우렁찬 외침
먹이를 줄 생각도 없는 나를 깨우네

어제의 잠은
오늘의 기적을 부른다고
하루를 함께 시작하자네

새소리와 어우른 자동차 소리
새벽 종 되어 나를 일으켜 세우네

서로 자기가 높다고 뻐기는
다운타운 고층건물
산울림 없는 온갖 소음의 도시

그래도
새들을 품은 나무가
드문드문 서서 숨을 쉬네

하루를 맞기에 부족함 없는
나만의 호텔 산장

새벽 비

귓가에서
조곤조곤
나를 깨우는

커튼 열고
찾으려 해도
보이지 않는

눈앞을
적시는
어머니 눈물

날고 싶었어

　몇 달간 '비상'을 노래했더니 어느새 내 몸이 허공에 뜨기 시작했다. 두 팔을 벌리자 몸이 날아올랐다.

　골목 위로 지붕 위로 빌딩 위로 바람을 뚫고 맘껏 날아다녔다. 산을 넘고 바다 위로 떠돌아다녔다.

　아득한 허공에서 길을 잃었다 싶은 순간, 누군가 내 손목을 확 잡아당겼다. "당신이 내 손목 잡았어?" 나는 잠에서 눈을 뜨자마자 소리쳤다. "아니, 무슨 소리야?" 남편은 한사코 아니란다.

　그럼 누구일까, 내 손목을 잡아당긴 사람은? 너는 날아다닐 사람이 아니라 걸어야 할 사람이라고 알려준 이는?

낯선 거리 산책

이사 온 LA 다운타운 근처
마스크 쓰고 빌딩 숲 사이를 거닌다.

앞을 가리는 높은 건물 층층을 세다가
굳게 닫힌 철문 상가 유심히 보다가
출입을 막은 공원 앞을 돌아가다가
강아지와 함께 걷는 사람과 마주치며 눈인사하다가
길거리에 누워 자고 있는 노인을 살며시 피해 걷다가
수영복처럼 노출된 옷을 입고 활기차게 몰려다니는 젊은이들
을 보다가
I can't breath, Black Lives Matter를 외치는 다인종 시위
대를 지켜보다가
경찰차 지나가는 소리, 사이렌 소리, 헬리콥터 소리에 멈추어
섰다가
거리에서 옷을 갈아입는 사람을 보고 놀라 피해 걷다가
길 이름 확인하며 어디인지 두리번거리다가
일본식 이동차의 고기구이 냄새에 끌려 걸어가다가

허기져 가는 배를 움켜쥐고

한쪽 가로등이 꺼진 침침한 골목
익숙한 침묵이 내려앉은 곳으로 돌아온다.

나

매일
거울 보고 다듬어도

침묵이 꿈틀거리는
화산이 끓어오르는
먹구름을 헤쳐 나오는
순간순간을 되새김하는

눈물을 닦는

비, 종일 나와 함께

이른 아침을 깨우는
비에 물세례 받는 듯
창밖의 가로수 꽃나무 머리를 감고
고개 숙인 풀잎 함께 일어나 목욕을 하네.

미움 다툼 용서치 못한 마음 씻어내고
비에 젖은 근심걱정 몰아내고
거울 속 머릿속까지 빗어 내리고
빗물에 눈물을 섞던 추억 말아먹고
비옷 입은 우산 속 여인의 촉촉한 출근길

비를 밟으며 총총걸음과 마음을 움켜쥐고
빗소리 귀에 달아 춤추듯 일하다
비를 데리고 집에 돌아와
꿈틀거리는 시를 안아 덮고 누우니
어느새 비에 젖은 자장가 나를 재우네.

겨울비와 홈리스

노크도 없이 들어와

커피 물 끓는 소리조차
빗소리로 들려오는 이른 아침

두 겹 옷을 입고도 손을 비비대는 추위
문을 열자 더욱 거센 소리로 달리는
컵라면 두 개로도 채워지지 않는
주린 배가 울고 가는 물 끓는 냄비소리

홈리스처럼 찾아왔다 사라지고
겨울비로 다시 찾아오는

서로 닮은 너희
늘 함께

남자의 눈물은 뼈 가슴을 흔든다

아직 이른 시각인데
남편이 배가 아프다며 드러눕는다.

- 또 설사?
- 아니
- 약은 먹었어?
- 응
- 근데 왜 울어?

그는 대답이 없다.

무엇이 잘못 됐을까?
저녁식사가 문제였을까?
약은 왜 듣지 않을까?

그의 눈물이 가슴뼈를 흔드는 밤이다.

줄서 기다리기

누군가의 뒤에 줄을 선다는 것
짜증나는 일만은 아니다.
기다릴 수 있는 힘
누군가 내 앞에 서 있다는 안도감 때문이지.

손에 들린 폰이 말을 건다.
카톡, 카톡!
쌓여가는 안부인사, 답장, 점검
시간 가는 줄 모르는 업무처럼
조여드는 답답함도 삭제!
바람처럼 지워내니 속이 트인다.

줄서 기다리는 시간
또 다른 여가를 얻는 일이다.

짧아진 앞줄
길어진 뒷줄

엉클어진 생각 정리되고
기다렸던 꽃망울 날개를 편다.

아침 햇살

어제 피었던 꽃잎이 오늘은 축 처져 있다.
- 괜찮아, 어제 더워서 많이 힘들었지?

향이 많던 장미꽃이 시무룩하다.
- 사람들이 예쁘다고 건드려서 괴롭구나.

흰 장미꽃 한 송이 옆으로 손을 뻗고 있다.
- 이리와, 내가 손잡아 줄게.

화단이 환해졌다.

여름 낙엽

뜨거운 태양 아래
후텁지근한 더위에 지친 나무 밑
누렇게 바랜 낙엽들

- 이상하다, 너는 왜 벌써 낙엽이 된 거야?
- 아뇨, 나는 많이 아파요.

- 누가 너를 떨어뜨렸니? 바람이?
- 기운이 없어서 엄마 손을 놓쳤어요.

- 너는?
- 전 너무 일찍 커서 어린 동생한테 엄마를 빼앗겼어요.

울다 지친 낙엽들
하느작하느작
길 위를 덮고 있다.

기다림

화창한 대낮
버스를 기다리다
생각에 빠져 있는 할머니.

누구를 닮았을까?
눈은 엄마 닮아 초롱초롱
볼은 오동통, 복숭아 빛깔
코는 오뚝
입은 가늘게 웃으며 함박꽃 피겠지.
피부는 아빠처럼 탱탱
누구를 닮아도 예쁠 거야.

입가에 미소 띠고
태어날 손녀 그리다
버스가 왔다가 가는 줄도 모른다.

제3부 사모칼럼

사막에도 꽃은 피는가
- 사모의 마음

    누구나 이민 생활에 대해 이야기하노라면 모두 책 몇 권은 써야 한다고들 한다. 그만큼 힘들고 어려운 시절이었다는 뜻이겠다. 물론 그것이 고진감래로 이어져 이제는 아름다운 추억이 되었다는 말이기도 하겠다.

    나는 한국에서 결혼한 지 6개월 만에 신혼의 단꿈을 깨고 미국으로 왔다. 남편은 한국에서 대학원에 재학 중이어서 같이 못 오고 동생들과 먼저였다. 원래 부유하지 못한 환경이었다. LA에서의 이민 생활은 고생 그 자체였다. 3일 만에 양로원에 나가서 일했다. 쉬는 시간을 이용해 누가 볼세라 화장실 안에서 남편에게 보내는 엽서를 쓰곤 했다. 허리와 무릎이 아파 울면서 잠을 잘 때가 많았다.

    이후 남편이 왔고, 이민 3년 차에 두 살 큰아이를 유아원에 데리고 다니며 일하다가 그 유아원을 운영하게 되었다. 그때는 아이들이 다칠세라 잠시도 자리를 비우지 못했다. 때로는 다친 아이를 안고 허겁지겁 병원으로 달려가며 가슴을 조이던 때도 있었다.

남편은 전도사와 부목사를 거쳐 단독 목회를 시작했다. 이민 9년차 때, 샌버나디노가 그 첫 개척지였다. 이곳은 또 다른 사막처럼 느껴졌다. 이민생활을 다시 시작해야 하는 것처럼, 삭막한 목회생활과 함께 고난이 시작되었다. 사실은 이 모든 것이 이민자들 누구나 겪을 수 있는 각기 다른 양상의 하나일 텐데, 그때는 그것이 내게만 오는 끝이 없는 고통의 나날이라 여겨졌다.

실제로 사모만의 고난이 있기도 했다. 내가 왜 하필이면 사모이어야 하는지 수치감에 사로잡힐 때도 있었다. 듣지 않고 겪지 않아도 될 일을 사모이기 때문에 겪는 것이 많았다. 고통을 안고 몸부림치며 울부짖을 때도 있었다. 생전 안 해보던 일들을 배워서 하고 언제까지 기다려야 하는지도 모르는 채 묵묵히 참고 지내야 했다. 그렇게 10년을 넘겨 보냈다.

이제 20년이 넘어온 이민 생활을 돌이켜보니 그래도 많은 변화가 보였다. 그 중에 한 가지는 우선 남편과 내가 어떤 경우에도 자족하며 감사하는 것을 배우게 된 것이다. 어려운 환경에서도 의젓하게 자라준 두 아들과 중년의 위기 속에서도 교회를 지켜오며 꿋꿋이 나의 울타리가 되어온 남편이 옆에 존재하는 것만으로도 감사가 북받쳐 오른다.

지난날의 고난이 없었다면 지금 나는 어떻게 존재하고 있을까? 하는 생각이 들 만큼 이제는 고난이 나의 다정한 친구처럼 느껴진다. 왜냐하면 그 고난을 통해 나는 너무나 많은 값진 삶을 배우고 체험했기 때문이다. 그래서 두고두고 자신 있게 이야기할 수 있는 것은 이것이다 "현재의 어려움은 감사의 시작이며, 사막에도 피어날 수 있는 아름다운 꽃입니다!" (11/08/2002)

보고 싶은 사람들

　작년 이맘때였다. 날씨는 서늘해지고 몸이 저절로 움츠려지며 몸과 마음이 바빠 허둥대기 쉬운 그때였다.

　방과 후의 애들을 데리고 마켓으로 가려는데 나도 모르게, "어머, 내 지갑! 어디에 두었지?" 했다. 갑자기 온몸이 떨려왔다. 한 시간 전에 월마트에 갔다가 화장실에 들렀으니까 혹시 그곳에 놓고 온 것이 아닌가 하는 생각이 들었다. 그 지갑 안에는 통장, 각종 카드 그리고 찾아놓은 현금(내게는 거금!) 등이 있다는 생각을 하니 아찔해질 수밖에. 나는 부리나케 내가 들어갔던 화장실에 갔지만 지갑은 보이지 않았다. 직원이 있는 사무실에 가서 물었다. 안에서 몇 사람이 바뀌면서 책임자가 나오더니 이름, 주소, 생일을 묻는다. 그리고는 꺼내놓는 지갑은 분명 내 것이었다. 책임자는 지갑 안에 있는 ID와 대조해 보더니 "You are lucky!" 했다. 받자마자 속을 여니 모든 것이 그대로 있었다. "Thank you, very much!"를 연발하고 나와서는 다시 "Thank you God!"으로 감탄사를 바꾸었다.

집에 와서도 그 흥분과 감격이 가라앉지 않아 식구들에게 얘기하고 감사를 나누었다. 그 지갑을 화장실에서 발견하고 고스란히 사무실에 맡긴 그 사람은 과연 누굴까? 분명 크리스천이 아니면 정직한 시민일까? 나는 곰곰 생각하다가 그 다음날 월마트 직원들에게 감사의 카드를 보냈다. 짧고 서툰 영어이지만 아들에게 물어가며 진심으로 나의 고마운 마음을 전했다. 그러나 정작 그 지갑을 발견해서 사무실에 맡긴 그 사람은 어떻게 찾아서 인사를 해야 하는가 말이다. 내가 갚을 수 없는, 고맙다는 말조차 전할 수가 없는 그 사람이 내겐 천사가 아니었던가?

지금도 그 순간을 생각하면 아찔해진다. 몇 주 전 내가 다니는 학교 화장실 안에서 누가 놓고 간 지갑을 발견했다. 어쩌면 내가 놓고 나왔던 상황과 똑같았다. 그때 일이 떠올라 얼른 사무실에 맡기고 왔다. 얼마나 마음이 가볍고 흐뭇한지 마치 빚을 조금이라도 갚은 기분이랄까?

바쁜 이 계절이 되면 나는 생각나는 감사의 대상자를 혹 빠뜨릴세라 미리미리 노트에 적어본다. 남편이 새롭게 교회를 시작할 무렵 옛 교인으로부터 안부전화가 왔다. 교회를 개척하게 되었다고 하니까 무조건 몇 년간이나 우리의 생활비 일부를 수표로 보내주셨다. 그 후 교회에 피아노도 헌납해 주셨다. 그것이 하나님의 일을 하는데 아주 큰 힘과 용기가 되었다. 그 외에도 누룽지 말린 것과 된장, 고추장을 보내주신 분들이 있었다. 그 당시 우리에겐 그것이 비상식량이 되어 먹을 때마다 눈물이 앞을 가려 매번 감사와 감격을 체험하게 했다.

그 외에도 어려움을 함께 하며 교회를 섬기던 많은 분들, 눈물이 나도록 감사했던 인근 각처에 흩어져 있는 교인들, 친구들, 가족, 친지, 선생님들, 학부모님들, 그리고 이름이나 얼굴조차 모르고 찾을 수도 없는 외국인들. 그분들은 모두 내게 시시때때로 천사가 되어 주셨던 잊을 수 없는 분들이다. 지금도 그 분들을 생각하면 가슴이 뭉클해지며 한없이 보고 싶어진다.

(12/06/2002)

작은 것부터 한 가지씩

며칠 전 묵은해를 정리하는 마음으로 집 대청소를 시작했다. 새해를 맞이하는 부푼 가슴으로, 그리고 좀 더 나은 앞날을 기대하며 구석구석 정리하다 보니 복잡하고 버릴 것이 얼마나 많은지 모른다. 아까워 모아 놓은 구질구질한 살림살이, 옷가지 등이 어찌나 많이 나오는지. 입지 않을 옷과 쓰지 않을 물건은 선교지에 보내려고 싸놓았다.

무엇이든지 이제는 간단하고 편한 것이 좋다. 꼭 필요한 것 아니면 버려야겠다고 생각하면서 책상과 책을 정리하다가 작년에 세워 놓았던 '신년 계획표'를 보게 되었다. 제법 이상적이고 보기 좋았다. 몇 가지나 실천했나 살펴보니 대여섯 가지 중 한두 가지 정도였다. 자주 점검하지도 않았지만 무엇을 계획했는지조차 까맣게 잊고 있던 것도 있었다. 나 혼자만 볼 수 있게 잘 숨겨두고는 생각지도 않고 지냈다.

읽어보니 거창한 계획과는 달리 나는 너무나 멀리 와 있는 기분이었다. 그렇다면 그 계획은 과한 욕심이었거나 아니면 나의 능력과 노력 부족이었을 것이다. 해마다 연초에 나름대로 바라던 이상적인 목표를 세워놓고 매일매일 부딪치는 삶 속에서 목표는 어디론가 사라져버리고, 마치 밀려오는 파도에 휩싸여 허덕이며 살아온 기분이었다. 그렇다면 그 이상적인 계획들이 무슨 소용이 있단 말인가.

그렇다. 올해에는 거창한 계획보다는, 무용지물이 될 뜬구름 같은 목표를 제거해야겠다. 구체적으로 내 생활 속에서 지켜지지 않는 아주 작은 것부터 한 가지씩 고쳐가야겠다는 생각이 든다. 내가 가장 다스리기 힘든 일은 성급한 마음을 조절하는 것이다. 나는 매사에 빨리 하지 않으면 편하지 않다. 설거지도 즉시하지 않으면 좀이 쑤시고, 휴지나 더러운 것을 보면 다른 일보다 그것 치우는 것부터 먼저 해야 한다.

한번은 초대한 손님을 맞이할 준비를 하려고 청소를 하느라 무척 바빴다. 아이들의 방부터 후다닥 먼지를 털고, 쓸고 닦느라 컴퓨터를 건드려 넘어뜨렸다. 그 후부터 아들이 컴퓨터가 이상하다며 친구 집에 가서 숙제를 하곤 했다. 내심 얼마나 미안하고 창피했는지 모른다. 어디 그뿐인가. 외출할 때마다 안경과 열쇠를 찾는다든가, 급히 서두르다 주차티켓을 받지 않는다든가. 이 모든 일들이 급한 마음이 앞서 서두름에서 오지 않았나 생각해본다. 마음을 먼저 다스리지 못하고 행동이나 말이 앞서 후회하고 물질적 시간적 손해를 보고 살아왔다. 스스로 깊이 반성하지 않을 수 없다.

그렇다. '바쁠수록 돌아가라'는 말이 왜 생겼는지 알 것 같다. 바쁜 일 때문에 자기 자신을 다스릴 순간조차 놓치고 살아서야 되겠는가? '자기의 마음을 다스리는 자는 성을 빼앗는 자보다 나으니라'는 성경말씀이 생각난다. 그만큼 자기 마음을 다스리는 것이 얼마나 어려운 일인지 모른다. 새해엔 거창하고 근사한 계획을 세우지 말자. 나 자신의 마음부터 잘 다스리자. 더 이상 후회하는 어리석음을 반복하지 않도록, 작은 것부터 한가지씩만 고쳐 나가리라 굳게 다짐한다. 화창한 아침 햇살을 바라보고, 창문을 활짝 열면서…. (01/03/2003)

눈물이 빗물처럼

기다리고 기다리던 비가 며칠 계속 오니 비와 연관되어 생각 나는 것들이 있다. 초등학교 때 '비 오는 날'이라는 제목으로 시를 써서 글짓기대회에 나간 적이 있었는데 그때 뭐라고 썼는지 제목 외에는 기억이 나지 않지만 어린 마음에 뭔가 느낌이 있었던 것 같다.

그 다음엔 이십대 중반쯤 지금의 남편을 만나 데이트하던 시절이 생각난다. 올케언니의 중매로 만나서 '아니올시다'라고 거절한 내가 어머니의 눈물의 기도 응답으로 마음이 돌변해 만난 지 3개월 만에 결혼까지 하게 되었다. 1980년 여름에 만났는데 그해는 장마가 이어져 만나는 날마다 비가 오곤 했다. 두 사람이 한 우산을 쓰게 되어 자연히 가까워질 수밖에. 그 후 어쩌다 비만 오면 우리는 '우산 속의 연인' 하며 웃는다. 캘리포니아는 워낙 건조해 비 오는 날이 적다 보니 겨울에만 잠깐 오는 비도 그렇게도 반갑고 좋을 수가 없다.

나는 원래 눈물이 많은 편이다. 마음이 여리고 예민해서인지 쉽게 감동을 받고 잘 운다. 신문기사의 글을 읽는다든가 설교를 들을 때, 또는 찬양을 하다가도 눈물이 나온다. 심지어는 내 글을 읽거나 쓰다가도…. 그리고 일상생활에서 누구와 함께 얘기를 나누다가도 한순간 가슴에 부딪쳐오는 감정이 생기면 속에서부터 나오는 눈물을 막을 길이 없다.

남편이 단독 목회를 결심하고부터는 정말로 눈물을 많이 흘렸다. 애써 키워놓은 유아원을 고스란히 두고 떠나야 했을 때, 정든 교회의 성도들과 헤어져야 할 때 울지 않을 수 없었다. 그리고 교회일로 남편이 어려운 상황에 부딪쳤을 때도 고통을 함께하며 눈물을 쓸어내렸다. 그때 주님의 십자가가 없었다면 우리는 정말로 견디지 못했을 것이다. '죄 없으신 주님이 당하신 고난에 비하면 우리가 겪는 고난쯤이야….' 그런 아픔과 고통 속에서 일어나고 보니 모든 것이 새롭게 느껴졌다. 전에 무심했던 일들이 감사의 제목으로 바뀌고 교인 한 사람 한 사람이 천하보다 귀한 생명으로 아름답게 보였다. 남편의 설교를 꼬집기만 하던 내가 그 말씀에 은혜를 받고 보니 예배가 감동으로 바뀌었고 '좀 더 많은 사람들이 이 말씀을 듣고 감화를 받으면 얼마나 좋을까' 하는 안타까운 심정으로 눈물을 흘리곤 했다.

목회는 남편이 하는데 눈물은 내가 더 흘린다. 남편은 표현하지 않고 가슴으로 운다면, 나는 온몸으로 운다고 할까. 여하튼 이런 일 저런 일로 눈물을 흘리다 보니 언제부터인가 나의 뺨을 스치는 빗방울이 모두 내 눈물처럼 느껴지는 것이 아닌가.

이제 내 눈물은 십대의 감상적인 눈물이 아니고, 이삼십대의 사랑이나 슬픔의 눈물도 아니다. 갈수록 더 값지고 의미 있는 뜨거운 눈물, 그것은 성숙한 신앙인의 가슴으로 스며드는 은혜의 단비이며, 범사에 감사와 감격이 넘치는 눈물이다. 그리고 그러한 눈물이 우리의 메마른 영혼과 갈급한 심령을 촉촉이 적셔준다면 언제라도 빗물처럼 흐르고 흘러넘쳐도 아름답기만 하지 않은가. (01/31/2003)

병문안을 받고

"지금 산부인과 진료를 받으실래요? 아니면 당장 응급실로 가실래요?"

의사의 말이 무섭긴 했다. 내 발로 응급실을 찾은 것은 이때가 처음이었다. 갱년기가 오면 여러 가지 증세가 있다는데 내게도 예외는 아니었나 보다. 심한 두통과 빈혈, 저혈압으로 무슨 일을 지속하기 힘들어 자꾸 누워야 했다. 끙끙 앓으면서도 집안일, 교회일, 학교일 등 빠짐없이 해도 하루 푹 쉬고 나면 그런대로 거뜬했는데 이번엔 몇 주 지나도 나아지는 기색이 없고 점점 까무러지는 기분에 혈압까지 떨어지자 잔뜩 겁이 났다.

라구나에 사는 친구와 그녀의 어머니까지 그게 좀 오래 갈 것이라며 찹쌀밥과 미역국, 뼈 곤 국을 많이 먹으라고 이것저것 싸주셨다. 심지어 히스패닉 상점에서 만난 어떤 교인은 닭고기를 잔뜩 사주시기도 했다. 내가 교인들에게 싸주고 해다 주는 일로 익숙하고 기뻐야 하는데 이렇게 받아먹고 환자의 입장이 되니 영 나답지가 않다.

응급실에 들어간 그때가 추수감사절 전날이었다. 이주 후 2부 예배까지 드리고 와서 바로 누웠다. 누워 있으면서도 그날 나오지 않은 교인 생각으로 가득 찼다. '그 집사님은 오늘 왜 또 못 나오셨을까? 심방을 가야 할 텐데, 내가 먼저 누워 있으니 어떡하지?' 남편은 날 간호해 주며 오늘은 그냥 푹 쉬라고 했다. 그때 전화벨이 울렸다. 그 집사님이 일을 마치고 저녁에 우리 집에 오시겠다는 전화였다.

나는 한숨 푹 자고 일어나서 저녁에 그 내외분을 맞았다. 내가 아프다니까 오셨지만, 사실은 그것보다 더 중요한 이유가 있었다. 들어보니 '어젯밤 꿈에 목사님이 사막에서 혼자 울며 기도를 하시는 모습을 보았다'는 것이다. 너무 이상한 꿈이어서 집안 일로 교회는 못 왔지만 무슨 일이 생겼나 걱정이 되어 우리 집에 전화했고, 그래서 내가 아프다는 소식을 듣고 소꼬리를 사들고 찾아온 것이다. 그러고는 '그동안에 집안 행사가 많아서 주일날 교회를 자주 나오지 못했는데 앞으로는 주일을 잘 지키겠다'는 것이다. 그 말을 듣는 순간 나는 얼마나 가슴이 벅차고 감사한지. 그런 소리를 교인들에게서 자주 들을 수만 있다면 언제라도 기쁘고 반갑지 않은가. 그날 우리는 그분들을 위해 간절히 기도를 해드렸다. 그 후 나는 생각보다 빨리 회복이 되었다.

사실 성도의 병문안을 받는 일은 흔하지 않다. 교인들이 우리 집에 찾아올 일이 있다는 말을 들으면 난 가슴이 철렁하며 겁부터 났다. 그들이 이사 가니까 이제 교회에 못 나온다는 말을 하러, 아니면 상담이나 어려운 부탁을 하러 오는 예가 많기 때문이다. 이번에 나의 아픔을 통해 받은 병문안은 내게 큰 의미와 감동이 되었다. 노약자들을 불쌍히 여기고 더 돌봐야겠다는 다짐을 하게 된 것이다. 하나님의 사랑은 바로 믿는 자들의 아름다운 품행을 통해서 교류되고 있음을 눈으로 보는 듯했다.

(02/28/2003)

남편의 모습 속에

　내가 그이와 결혼한 것은 전적으로 나의 의지가 아닌 묘한 이끌림이었다. 오빠 내외와 어머니의 배려, 그리고 기도의 응답이라고 할 수 있지만 더 구체적인 사건은 그가 다니는 교회의 저녁 예배 참석 후였다. 나란히 앉아 열심히 설교말씀을 듣던 중 오른편에 앉아 있는 그의 옆모습을 보게 된 것이었다.

　그 순간 예상치 않은 느낌 세 가지가 순식간에 내 머리 속을 스쳐갔다. 영화 「십계」의 주인공인 찰톤 헤스톤 같은 강직한 매력이 내 눈을 사로잡았다. 그 모습이 마치 모세 같고, 또 오빠와도 같은…. 그 후 나의 가슴은 방망이질, 인간적인 계산으로 거절만 했던 내 자신을 돌아보게 되었다. 교회 안에서의 그는 신성한 모습인데 나는 보잘 것 없는 보통 여자임에 불과한 것을 발견하고 숙연해져 비로소 그가 보이기 시작한 것이다. 내가 낮아짐으로 그의 모습이 더 돋보였던 것일까? 아무튼 이런 과정을 통해 도달한 나의 결혼은 보이지 않는 어떤 신뢰의 힘과 기도의 열매인 것 같다.

나의 결혼생활 10년은 그가 내겐 자상하고 따뜻한 남편이며, 애들에겐 조금 엄한 아버지 정도로만 알고 열심히 살았다. 그런데 남편이 목회를 하고부터는 좀 더 달리 보이기 시작했다. 특히 교회를 개척한 후 가장 견디기 힘든 갈등 중의 한 가지가 교회 성장 문제와 이에 따르는 자존심 문제였다. 특히나 교인 수와 교회 규모로 목회자가 평가받는 현실 속에서 교회성장을 바라지 않는 목사나 사모가 어디 있으랴. 그러나 남편의 생각과 태도는 달랐다. '한 영혼을 위해서라도 내가 존재한다'라는 신념으로 사람을 의지하지 않고 꿋꿋이 주님만 바라보며 숫자보다는 한 사람씩 참 신앙인으로 변화하는 삶을 보며 기쁨과 보람을 갖는다. 그리고 무슨 어려운 일을 당해도 하나님의 뜻으로 받아들인다. 과연 그의 생각이 이렇게 나와 다른 모습에 존경심마저 들게 되었다. 힘들면 피하고 마냥 벗어나고 싶었던 나의 좁은 생각은 오히려 부끄럽게 여겨졌다.

　　이렇게 해서 남편을 따르다 보니 교인 수에 얽매인 조급한 불안한 마음이 점차 가시기 시작했다. 이제는 "교회가 잘 되느냐?"라는 비즈니스적인 질문에도, 때로는 쥐구멍에라도 들어가고 싶은 위축감에서도 평안함을 되찾는다. 남편이 얼마나 진실한 목회를 하고 있는지 그 자세가 더 중요하다고 생각했기 때문이다. 사람들에게 평가받는 것을 두려워하기보다는 주님 보시기에 어떤가를 먼저 의식한다면, 주님의 일을 하다가 겪는 고난은 결코 헛되지 않으므로 오히려 감사로 받게 되고, 때때로 엄습해 오는 불안감이나 좌절감에서도 해방되지 않을까.

　남편의 모습 속에 변함없이 주님을 사랑하고 따르는 진실함과 참신한 종의 모습을 꾸준히 볼 수 있다면, 이젠 더 이상 영화배우나 모세 같은 매력과 기대가 사라지고 검은 머리가 희끗희끗해진들 그것이 그리 큰 문제가 될까. (3/25/2003)

결혼식이 있던 시카고의 하루

지난 달 나는 시카고에 사는 친구 혜순의 아들 결혼 청첩을 받았다. 결혼을 가장 일찍 하더니 며느리도 제일 먼저 맞게 된 그녀는 "내가 벌써 시어머니가 된다." 하며 신기해하며 결혼준비에 몹시 바빴했다. 나 역시 너무 바빠서 못 간다고 거절을 하고나자 왠지 마음이 편하지 않았다.

그녀와 그의 남편 함 장로님께 진 사랑의 빚이 자꾸만 생각이 나서 점점 미안한 마음이 더해 갔다. 그런데다 그녀는 성가를 하느라 목을 너무 써서 말도 제대로 못하고 앞으로 목 수술을 받을 준비도 해야만 했다. 그리고 한국에 계시던 친정어머니를 여읜 지 얼마 되지 않은 상태였다. 나는 마음을 돌렸다. '이번에 꼭 가서 친구를 만나 위로해 주어야 해.' 친구 아들의 결혼도 중요하지만 내게는 친구의 마음을 헤아리는 것이 더 귀하고 의미 있다고 생각되었다.

우리 부부는 어렵게 시간을 짜내어 비행기 안에서 잠을 자며 시카고에 도착했다. 시카고의 거리는 아직 봄을 느낄 수 없는 늦은 겨울이었다. 친구의 자상한 배려로 아침도 잘 먹고 한국에서 오신 그의 가족들과 헤브론 교회에서 하는 결혼식에 참석했다. 그동안 많은 결혼식을 보아왔지만 좀 색다르고 인상 깊게 느껴지는 부분이 있었다.

줄곧 싱글벙글하며 마냥 속이 넓어 보이는 신랑과 아름답고 매력 있어 보이는 신부가 무릎을 꿇고 은퇴하신 김 목사님의 축복 기도를 받는 모습은 너무도 귀하고 사랑스러웠다. 또한 양가 부모님께 신랑 신부가 절을 하고 꽃을 전하며 끌어안을 때는 눈시울이 뜨거워졌다. 그렇게 밝고 명랑했던 신부의 눈에도 눈물이 흐르고 그 눈물을 닦아주는 신랑의 모습 또한 귀하고 아름다웠다. 자녀를 떠나보내는 부모님들과 그 광경을 지켜보는 우리들의 눈망울에도 어느새 촉촉이 눈물이 고였다.

피로연을 할 때 며느리 맞는 기분이 어떠냐고 묻는 나에게 그녀는 너무 피곤해서 음식도 못 넘기면서도 며느리가 예쁘고 좋단다. 그의 남편 역시 아들보다 며느리를 더 믿고 예뻐하는 성숙한 태도를 보여주었다.

나도 그녀와 같이 아들만 둘을 두었으니 며느리를 맞으면 몹시 예쁘고 사랑스러울 것 같다. 결혼식과 피로연이 끝난 후 배장로님 가족들과 잠시 옛 이야기를 나누며 시간을 보냈다. 그 후 함께 저녁식사를 하러 가던 중에 함박눈이 내렸다. 나는 집에서 한 시간만 올라가면 볼 수 있는 빅베어 산에 있는 눈 구경을 멀리서 바라만 보았는데, 시카고에서 상상치 못한 함박눈을 피부에 적시도록 맞았다.

친구 아들의 결혼식을 당일로 무사히 다녀온 일이 얼마나 의미 있고 흐뭇했던지…. 전쟁과 테러의 위험, 그리고 너무나 바쁜 일정 속에 싸였던 모든 갈등과 스트레스를 눈바람과 함께 한꺼번에 날려버린 축복된 하루였다.(4/28/2003)

어머니를 그리며

　나의 친정어머니는 내 삶 속에 가장 핵심적인 가치관을 심어
주신 분이다. 어릴 때부터 어머니로부터 듣고 자란 말 중에 가장
기억나는 것은 '순종이 제사보다 낫다', '주는 자가 받는 자보다
복이 있다', '참는 자가 이기는 자다' 등이다. 자라면서 들은 대로
따르니 어머니의 칭찬과 사랑을 많이 받고 자란 것 같다.

　어머니는 8남매 자녀를 위해 새벽마다 기도하는 생활을 하셨
다. 내가 사모가 된 것도 전적으로 어머니의 기도 덕분이었다.
장로 부인이며 권사인 어머니 가슴속엔 여자 중에 사모야말로
가장 가치 있고 보람 있는 삶을 산다고 확신하신 것이다. 그 당
시 나는 이런 어머니의 깊은 뜻을 헤아리지 못했다. 오히려 남들
은 딸이 고생한다고 목사 될 사람과 결혼을 반대한다던데 어머
니는 왜 나를 위해 눈물의 기도를 드리며 권하시는지 이해하지
못했다.

　어머니는 LA에 오신 후에는 내가 좋아하는 유아원을 운영할
수 있도록 부엌살림을 도맡아 주셨고 어린 손자들을 돌봐주셨

다. 그 덕분에 나도 사모의 역할을 웬만큼 해낼 수 있었고 남편도 목회 길을 제대로 갈 수 있었다. 그런 중에도 어머니는 신앙 서적과 미우라 아야꼬의 글을 즐겨 읽으셨고, "너도 꼭 읽어 보아라" 하시며 "늘 바쁘니 언제 책을 읽겠느냐"고 안타까워하셨다.

내가 샌버나디노로 이사 간 후부터는 한국에 계신 큰오빠 댁에 사시면서 달필로 신구약 성경을 몇 차례 필사하며 수상하셨다. 그 감상문은 모든 읽는 분들의 가슴과 눈시울을 뜨겁게 했다. 서울에서 거의 50년간 복음교회를 섬기신 어머니는 노후엔 재소자들을 위해 털스웨터를 손수 90벌을 떠서 보내셨다. 내가 전화를 하면 "힘들 텐데 어서 끊어라. 나는 노년에 아들과 며느리를 잘 두어서 호강하고 있으니 아무것도 보내지 말고 네 시어머니께나 잘하렴." 하셨다. 내가 힘들어 하면 "네가 하늘의 상은 더 받을 테니 참고 견뎌라. 사모는 그 과정을 겪어야 한다."고 하셨다.

1999년 초여름, 당시 79세인 어머니가 위독하다는 소식을 듣고 부랴부랴 한국에 도착했다. 어머니는 이미 세브란스병원 안치실에 계셨다. 어머니는 평소의 기도대로 자녀들에게 고생시키지 않고 며칠 앓으시다가 하늘나라로 부름을 받으신 것이다. 돌아가시기 얼마 전 우리 애들과 나를 제일 보고 싶어하셨지만 미국에서 오려면 힘들 테니 알리지 말라고 당부하셨단다. 사실 어머니는 비교적 건강하셨기 때문에 그렇게 빨리 가시리라 아무도 예측하지 못했다.

어머니의 빈소와 식당에는 조문객들의 인사와 담화로, 그리고 장례식엔 은혜가 넘치는 감동의 물결로 가득 채워져 나는 슬픔보다는 천국잔치로 축제 분위기에 푹 젖은 기분을 느꼈다. 돌이켜보니 나는 어머니를 간병하기는커녕 따뜻한 식사 한번 차려드리지 못했고, 힘들 때 전화해서 걱정만 끼쳐드린 것 같다. 해가 거듭할수록 가슴에 사무치는 아쉬움과 그리움으로 되뇐다. '자랑스러운 우리 어머니, 하늘나라에서도 제가 쓴 글을 읽고 계신지요?' (5/30/2003)

사모의 길

내가 삼십대 중반쯤이었나, 은퇴하는 어느 목사님의 사모님께 "마음이 어떠세요?" 하고 물었다. 그 사모님 대답은 아주 간단히 "해 봐."였다. 그때 내게는 "사모는 해봐야 안다. 그러니 너도 겪어봐라."라는 뜻으로 들렸다. 아무것도 모르는 나는 미리 알고 배우면 더 잘 할 수 있을 것 같아 묻고 싶은 것이 많았는데 그 분 앞에 더 이상 물어볼 수가 없었다.

철없고 그저 두렵고, 어설프기만 했던 나는 삶으로 부딪치며 사모의 길을 익히고 배웠다. 보이지는 않지만 하나님의 깊은 사랑과 인도하심이 사람을 통해 이루어지는 것을 체험하기도 했고, 나의 실수나 아픔을 통해서도 많은 깨달음과 지혜를 배운 것이다. 내가 사모가 된 후 겪은 감동과 보람을 일일이 다 기록할 수는 없지만 몇 가지만이라도 나누고 싶다.

샌버나디노에서 남편의 단독 목회 시절 초창기에 초등학교에 다니던 큰아들이 "하나님이 살아 계시면 하나님의 일을 하는 아빠와 우리 가족이 왜 이렇게 힘들게 살아야 하느냐?"고 물었다.

그 아이는 우리 부부와 몇 차례 몸부림치게 갈등했다. 어느날 남편은 "하나님 앞에 내 모습이 바로 저렇다." 하며 아들 앞에 무릎을 꿇었다. 그 이후 아들은 하루가 다르게 철이 들어갔다. 철학을 전공하며 제 갈 길을 알아서 찾아갔다.

그래픽디자인을 공부하는 유학생이 우리 교회에서 신앙생활을 잘 하다가 남편의 권유로 신학을 공부해서 목사가 된 일도 빼놓을 수 없는 이야기다. 그의 어머니는 철저한 불교신자였는데 "귀한 우리아들을 어떻게 유학시켰는데 목사의 길을 가게 하느냐!" 하며 우리의 심방을 거부하고 방문을 꼭 잠그며 항의했다. 몇 년이 지난 후 그녀는 우리에게 찾아와 이렇게 말씀하셨다. "목사님, 너무나 감사해요. 제가 우리 아들 때문에 예수님을 믿게 된 후 얼마나 감사한지 몰라요." 그녀는 경찰간부인 남편은 말할 것도 없고, 자기 회사 직원들이며 친척, 지인들 31명을 전도한 전도왕이 되었다고 했다. 그 고백에 감격하지 않을 수 없다.

오랫동안 우리 교회에서 신앙생활을 하던 여집사 한 분은 모나고 강한 성격으로 스스로 힘들어했다. 상담도 많이 했다. 그러다 꾸준한 성경공부를 통해 신앙을 생활화하면서 차츰 부드럽고 너그러운 삶으로 바뀌었다. 대인관계와 가정생활이 원만해지고 회복되어가는 것을 보게 되었다. 그녀는 타주로 이사했지만 그녀는 물론이고 그녀의 남편까지 우리를 잊지 않고 우리 교회를 생각해 주었다. 그들의 기도소리에 눈물이 나도록 감격할 때가 한두 번이 아니었다.

이 모두가 내가 사모가 되지 않고서야 어찌 알고 경험하며 느낄 수 있는 보람이며 감동이겠는가. 남편의 목회를 도우며 함께 가는 사모의 길이 결코 고난으로만 그칠 수 없는 사막의 꽃과 열매가 되지 않았는가. 눈물과 고난의 양만큼 갚아주시는 하나님의 은혜요, 기적이 아닐 수 없다. 이렇게 큰 보람과 감격이 있기에, 나는 부족하지만 남은 시간들을 더 많은 영혼들을 주님 앞으로 인도하며 섬기고 사랑하는 사모의 길을 가고 싶다. (6/27/2003)

나 미국 애랑 결혼해도 돼요?

초등학교 5학년인 큰아이가 어느 날 갑자기 내게 "나 미국 애랑 결혼해도 돼요?"라고 물어왔다. "이게 무슨 소리야, 갑자기…." "엄마, 나는 한국말로, 부인은 영어로 서로 도와주면 더 많은 사람들을 도와줄 수 있잖아요" 하는 것이었다. 그 당시 이 이야기는 나에게 큰 충격이 아닐 수 없었다. 아들 생각이 결코 틀린 말은 아닌데도 말이다. 나중에 알고 보니 다니는 학교 어느 미국선생님의 딸을 마음에 두고 한 말이었다. 미국 태생인 데다 한국인들이 많지 않은 뢰드렌드 지역이다 보니 학교에서 만나는 미국 여자아이한테 끌리게 된 것이라는 생각이 은근히 걱정이 되었다.

나는 나름대로 집에서 열심히 한국어를 가르치기도 했지만 그 것으로는 안 되겠다 싶어 그해 여름방학을 이용해 아들을 혼자 한국에 보냈다. 한국에 계신 조부모님과 양가의 친척들, 그리고 사촌 형제와 자매들을 만나고 지내다보면 자연스럽게 그 뿌리와 자기 정체성을 알게 되겠지 하는 기대와 바람이었다. 한 달 반

만에 돌아온 아들은 그 후 다행히도 자기가 미국사람이 아니라 한국인이라는 생각을 했는지 한자어도 배워야 한다며 주말 한국학교를 고등학교 졸업할 때까지 다녔다.

그 후 아들이 대학을 다니던 어느 여름방학 때였다. 그 당시 아들이 UCLA 대학교 기숙사에서 지내며 일을 하고 있을 때여서 우리가 찾아가 만나야 했다. 이제는 여자 애들을 좀 사귀었으면 해서 "너 아직 사귀는 여자친구는 없니?" 했더니 "있어요." 하는 것이었다. 하도 반가워서 몇 가지 물어 보았더니 우리의 기대와는 영 다른 대답이었다. 차 안에서 우리 부부와 아들은 결혼관에 대한 논쟁이 벌어졌다. 아들은 우리의 생각이 바뀌어야 한다고 했고, 우리는 아들의 생각을 바꾸고 싶었다. 저녁식사를 함께 끝낸 후 기숙사에 내려 주고는 우리가 씁쓸한 표정을 짓자 "아빠 왜 그래요?" 한다. 아들은 우리의 마음을 다 읽었는지 그 후 조심스레 물어 보았더니 이젠 여자친구 없다고 한다. 나는 아들을 믿었지만 왠지 안쓰러웠다. 지금은 공부도 하고 일도 하느라 정신없이 바쁘지만 언젠가는 또 다시 겪어야 할 갈등일지도 모르기 때문이다.

몇 달 전 시어머니가 된 친구에게 "너는 믿음 있고 야무진 한국 애를 며느리로 보아 참 좋겠다." 했더니 "그래, 하지만 미국애나 다름없어, 얘." 했다. 아들이 결혼해서 떠난 후 좀 허전해 하는 눈치다. 결혼을 누구와 하는 것도 중요하지만 어떻게, 무엇에 가치관을 두고 서로 사랑하며 살아가느냐가 더 중요하다고 생각하면서도, 나는 우리 아들이 과연 누구와 결혼을 하게 될 것인지에 더 신경이 써진다.

　이민 1세 부모가 1.5세나 2세 자녀의 결혼을 받아들이기까지 얼마나 많은 갈등과 어려운 과정들을 겪어야 하는지, 자녀의 진정한 행복과 가치 있는 삶을 위해 부모가 얼마나 이해하고 져줄 수 있는지, 자녀의 결혼 문제가 우리의 절실한 기도 제목이 되고 있다.(7/25/2003)

이럴 수가…

"나야. 혜원 사모, 잘 있었어? 우리 또 만나야지…." 일 년에 몇 번 듣는 전화 목소리지만 한결같이 다정하고 부드럽다. 나의 모교인 신촌성결교회의 교우 모임을 주선하고, 한국에서 오가는 많은 교역자와 성도를 섬기며 연락처가 되어주는 그 밝고 명랑한 목소리의 주인공은 휠체어에 몸을 담고 있는 금란여고 선배언니다. 그 언니는 사회사업과를 나와 YMCA에서 가정 상담을 했으며 남의 아픔을 먼저 헤아리며 돕기를 지금까지 솔선수범으로 하신 분이다.

10년 전 학생들과 기도하러 가던 중 교통사고로 목뼈의 손상을 입고 하반신이 마비가 된 후 제2의 인생을 살고 있는 선배언니의 삶은 언제나 내게 큰 감동을 준다. 그 사고로 그동안 얼마나 많은 눈물을 흘리며 하나님을 원망했을까? 그러나 전혀 그렇지가 않았으니!

사고를 당하는 순간, 앞이 깜깜하던 중에도 성경말씀이 자막처럼 생생하게 눈앞을 스쳐 지나가더란다. 주님의 뜻과 섭리일

거라는 확신! 지금도 그 말씀을 붙잡고 생활하신다. 그녀의 남편은 김 약국을 운영하는 약사인데 역시 얼마나 너그러운지, 몸둘바를 몰라 하는 사고 운전자에게 "괜찮다, 누구나 운전에 실수가 있을 수 있으니 서로 부담 갖지 말고 살자."고 했단다. 뒷날 그 운전자는 목사님이 되었다고 들었다.

　그렇다 해도 선배언니에게 고통이 없었던 것은 아니었다. 육체의 아픔 이상으로 정신적인 고통이 컸다. 지난 9년을 불면으로 보냈다. 남편도 처음 2년은 우울증을 앓았다. 그런 동안에도 하나님의 말씀을 붙들었다 한다. 순간순간 '하나님이 지으신 모든 것이 선하매 감사함으로 받으면 버릴 것이 없나니.'라는 말씀을 되뇌며 물리 치료를 게을리하지 않았다. 꾸준히 노력한 결과 혼자 식사도 하고, 글씨도 쓸 수 있게 되었다. 이제는 하체를 혼자 드는 연습도 하고 있단다.

　잠도 잘 주무시고 얼굴의 부기가 다 빠져 35년 전 내가 알던 그 밝고 총명한 선배언니의 모습이다. 더욱 놀라운 것은 '10년 전의 삶으로 다시 돌아가고 싶지 않다'는 말이다. '육체적 불편과 고통은 있지만 지금이 더 좋다'는 것이다. 더 풍성한 은혜의 삶으로 영혼의 자유로움과 감사가 넘치기 때문이라는 것. 남편과도 더욱 가까워졌다는 것. 부부가 성숙한 신앙인으로 거듭 났다는 것. 본인이 얼마나 복 있는 사람임을 알게 되었다는 것. 선배언니가 하는 말 한 마디 한 마디가 모두 경이롭다. 이제는 제 2의 삶을 통해 전보다 더 많은 사람들에게 소망과 용기를 주고 있으니…. 그녀를 통해 나는 다시 한 번 나의 불평 많고 성숙하지 못한 삶을 돌아보지 않을 수 없다. (8/22/2003)

무슨 옷을 입을까?

"사모님, 점점 예뻐지네요." 머리는 뒤로 질끈 동여매고, 화장은 로션과 연분홍 루즈를 살짝 바르면 땡, 내게 달라진 것이라곤 옷, 하늘색 투피스를 입은 것뿐이었다. 교인의 눈에는 정장을 한 사모의 옷이 그날따라 새롭게 보였나 보다. 그도 그럴 것이 나는 몇 년 동안 친정어머니의 여름옷을 줄여서 입었기 때문에 좀 칙칙하고 노티가 나는 모습에 익숙해져 있었을 것이다.

나는 옷타령을 하지 않는 편이다. 자라면서 늘 언니들의 옷을 물려받아 입는 일에 익숙해져 있어서 새로 해달라거나 졸라본 적도 없었다. 미국 와서도 옷 사는데 드는 돈이 가장 아깝다 싶어 야드 세일에서 몇 가지 건져 입는 것으로도 족했다. 오죽하면 남편이 부목사로 있던 교회에서 가장 옷을 못 입는 여성 세 명 중에 한 사람으로 꼽혔을까. 나는 언제부터 여자이기를 포기한 것일까? 그때만 해도 삼십대였으니까 그런 소리를 들어도 아무렇지 않고 자신이 만만했던가 보다.

그런데 이젠 아니다. 어느 날 외출을 하려는데 갑자기 남편이 더 근사해 보이질 않은가. 안 그래도 팽팽한 근육에 머리만 자르고 와도 아들의 형님 같다는 소리를 듣는 남편에 비해 나의 모습은 왠지 초라해 보였다. 이런 나에게 남편은 "당신 이제는 옷을 좀 밝게 입어. 나이 들수록 원색 계통을 입는다잖아." 가뜩이나 남편이 나의 연상인데도 나를 연상으로 보는 때가 있기 때문에 나는 더욱 예민해졌다.

종일 마음이 뒤숭숭. 다음날 통 연락을 안 하던 한국에 전화를 했다. "언니, 저예요." 여차여차하고, 이만저만해서…. 여름이 가기 전에 싸구려도 좋으니까 시원하고 밝은 색의 정장을 좀…. 웬 바람이며 무슨 용기였을까, 나도 모르게 그런 말을 하고 있었다.

나를 남편에게 적극적으로 다리를 놓았던 둘째올케라 그런지 재깍 소포가 왔다. 그것도 한두 벌도 아니고 바지 정장까지, 두 벌씩이나…. 우송료도 만만치 않았다. 나는 너무 감격하여 말이 나오지 않았다. 멍해지면서 미안한 마음이 더 컸다. 슬그머니 마음을 가라앉히고 거울 앞에서 이것저것 입어 보았다. "왜 이렇게 폼이 안 날까? 당장 살부터 빼야겠네."

아무리 여자는 옷이 날개라지만 옷으로 나이를 얼마나 줄일 수 있을까. 그리고 어디까지 나를 커버할 수 있으며 누구를 위해 옷을 입는가? 내가 꼭 옷으로 날개를 달아야 하나? 수십 가지 생각이 스친다. 주일 아침이 되면 나도 모르게 부랴부랴, 허둥지둥 내 손이 가는 옷은 여전히 내가 입던 그 편한 옷이 아니던가.

남편이 내게 예쁘다는 소리는 하지 않아도 "당신은 그저 우아

해." 그 소리가 더 고상하고 내게 어울리지 않은가. 스스로 자위해 본다. 은은하고도 내 향이 있는, 나만이 입을 수 있는 옷을 입어야겠다. 사람이 꽃보다 더 아름답듯이 내 마음을 다스리고, 아름답게 가꾸는 것이 옷보다 더 중요하다는 생각을 왜 나는 깜빡한 것일까? (9/23/2003)

보내는 마음

둘째아들이 대학 기숙사로 떠나던 전날 밤이었다. 나는 나름대로 아들을 보낼 마음의 준비와 각오로 대충 물건을 챙겨주고 내 방에서 쉬고 있었다. 아들은 한두 살 아이만 한 커다란 노란색의 곰인형을 가져와 내 얼굴에 비벼주며 안겨주었다. 나는 곰인형을 보는 순간 웃음을 참지 못하고 깔깔 웃으며 그걸 꼭 껴안아주었다.

딸이 없는 우리 집은 평소에 아기자기한 맛이 없는데 막내아들이 가끔 어리광과 애교를 부리며 나를 웃겨주어 딸 같은 착각을 하게 한다. 소심하고 자상한 아들은 자기가 떠나고 나면 내가 쓸쓸해질 것을 미리 알고 나를 위로하기 위해 곰인형을…. 그날 밤 아들은 내가 원하는 대로 글 세 편을 소리 내어 읽어주었다. 아들은 한글이 서툴지만 제법 감정을 넣어 읽다가 어려운지 나보고 읽어달란다. 엄마와 떨어져 혼자 살아가며 공부를 해야 하니 불안하고 아쉬운지 오랜만에 나와 정담을 나누며 내 옆에 오래 있어 주었다.

다음날 이삿짐을 싣고 2시간 거리의 샌디에이고 대학 기숙사로 향했다. 가서 보니 생각보다 넓고 깨끗한 방에 둘씩 지내게 돼 있었다. 큰아들이 셋씩 있던 UCLA 기숙사에 비하면 꽤 양호한 편이었다. 나는 얼른 침대 시트를 끼워줄 때 베개를 놓고 온 것을 알았다. 여분으로 가져온 담요를 둘둘 말아 베갯잇에 끼우니 그런 대로 쓸 만했다.

아들은 자기가 다 할 테니 이제 가라고 한다. "아-휴, 여기는 참 시원하고 좋구나. 건강하게 잘 있거라. 전화나 이메일은 매주 한번만 하고." 우리는 손을 잡고 기도를 마친 후 허그를 한 다음 헤어졌다. 나는 용케도 눈물도 흘리지 않고 집까지 무사히 돌아왔다.

그런데 밤새 허전했는지 다음날 새벽에 교회에 가서 아들을 위해 기도를 하는데 눈물이 쏟아지기 시작했다. 제때 음식은 잘 먹고 지낼지, 신앙생활은 잘하고 아프지는 말아야 하는데…. 기도를 하고 나니 마음이 한결 가벼워졌다. 연락은 매주 한번만 하라고 해놓고 나는 매일 이메일을 열어보고는 답장도 없는 소식을 보낸다. 내가 서너 번 보내면 겨우 인사 한마디, "Hoi, Hoi, Smoie!" 'Smoie(스모이)'는 아들이 붙여준 '사모님'의 애칭이다. 그 말 다음에는 필요한 것 '1, 2, 3, 4….'로 나열돼 있다.

그래, 기대를 말자. 이제부터 자녀가 떠나는 시작이다. 아들이 장가를 들면 얼마나 더할 것인가? 빨리 아들로부터 내가 먼저 독립을 해야지. 더 멀리 유학을 보낸 부모님들과 영영 돌아오지 못할 곳에 자녀를 보낸 부모 심정은 어떨까? 그러면서 우리 교회에서 신앙생활을 하다가 이사를 하거나 학업을 위해 떠나보내야 했던 옛 교인들이 생각이 났다. 교인과 헤어질 때마다 왜 그렇게 눈물이 나던지. 부모가 자녀를 객지에 보내는 바로 그 마음이 아니던가. 그들이 지금도 건강하게 믿음의 생활을 잘하고 계신지…. (10/17/2003)

나고 살고 버리기의 의미

– 신혜원 문집 「이 아침을 어찌 넘기랴」에 부쳐

박덕규

(문학평론가, 단국대 교수)

1. 문집의 의미

시인이자 수필가인 신혜원이 문집을 낸다. 시집이나 수필집이
아니고 문집이라면, 이즈음의 문단 관습으로는 매우 드문 일이
다. 시나 수필 등 개별 장르의 작품집이 아니라 여러 장르의 글
을 모은 문집을 내는 이유는 물론 쉽게 짐작할 수 있다. 우선 개
별 장르의 작품집을 낼 만큼 그 장르의 분량이 충분하지 않아서
일 수 있다. 또는 한 장르만 모으면 그것에 끼지 못하는 다른 장
르 글이 따로 떨어져 남게 되는 게 아쉬워서일 수도 있다. 아니
면 여러 장르라야 작가의 문학과 삶을 다채롭게 반영하는 것일
수 있어서겠다. 이 문집은 어떤가. 이 문집에는 시(13편)와 동시
(3편), 수필(32편)과 칼럼(13편) 등이 각각의 부류로 수록됐다.
수필과 칼럼, 시와 동시, 그 장르 차가 무얼까 하는 의문도 일지
만, 이 문집을 일독하면 그 가름은 절로 이해된다.

이 문집의 글은 대부분 이민으로부터 시작된 삶에 대한 단상

을 담고 있다. 이민자들이 대체로 그렇기는 해도 신혜원에게 이민은 인생의 일대 전환이라는 부피감으로 자리하고 있고, 그에 따라 이번 수록 글 거의 모두에 그것이 직간접으로 반영된다. 약력에 따르면 신혜원은 고국에서 신혜원 아닌 김혜원인 시절 병원간호사, 학교 양호교사 일을 하다가 전도사와 결혼하면서 20대 후반 나이에 미국으로 건너갔다. 그로부터 40년도 더 지났다. 함께 도미한 두 동생의 맏이로, 곧 이어 합류한 목사 남편의 사모로, 두 아들의 엄마로, 만년에 얻은 직장의 일꾼으로 살아온 삶이 이민이라는 특별한 상황 위에 고난과 갈등, 개척과 정착의 지난한 과정을 이어왔다.

이런 삶의 과정에 또 하나 얹어진 업이 있으니 그게 글쓰기다. '사모의 삶'은 그 출발 지점을 마련한 체험이다. 신혜원은 도미 후 20년이 지난 즈음인 2002년 11월부터 1년간 한 지면(「미주한국일보」)에 '사모칼럼'이라는 이름의 연재물을 발표했다. 칼럼은 신문이나 잡지 등에 시사나 풍속에 대해 밝히고 알기 쉽게 논평한 에세이 형식의 글이다. '사모'는 목회자인 남편과 같은 공인이 아닌데도 그 공적 역할이 원활히 기능할 수 있게 보좌하는 존재로 지내야 한다. 교회와 일상이 하나로 이어지고 성과 속이 맞붙어 있는 지위라고 할까. 공적인 자리에 배치되지 않는데 그렇다고 사적으로 처신할 수 없는 모순된 지위라고 할까. 신혜원의 '사모칼럼'은 바로 그 경계의 삶을 담아낸 각별함으로 일반적인 수필의 범주에 포함하기보다는 따로 떼어내 독립된 유형으로 분류한 것이라 할 수 있다.

'사모칼럼'이 신혜원 문학의 출발이었다면, 2부에 분류된 시는 그 글쓰기가 문학적 차원으로 표현과 구성을 익히는 과정의 산물이라고 할 수 있다. 시 창작은 개인적으로 '접어두었던 꿈'을 설렘으로 만나는 일(시, 「시인과의 만남」)이자 한편으로 문학작품이 '잘 빚은 항아리'여야 한다는 걸 가장 뚜렷하게 인식하는 체험적 통로가 되었음은 말할 것도 없다. 신혜원은 시 창작을 통해 문학이 어째서 언어예술인가를 체험한바 이를 '동심'을 통해 드러내 동시 창작을 시도하기도 했다. 이렇듯 '사모칼럼'으로 '사모체험'을 글로 옮기며 글쓰기의 중심을 다지고 시 창작으로 언어예술로서의 문학을 체험적으로 인식한 신혜원의 문학은 그 사이 볼륨을 키우며 형체를 제대로 갖추기 시작한 수필 쓰기로 그 총량을 가득 채우게 된다.

이 문집은 고난으로 진행된 이민생활이 서서히 자기 안정을 얻고 이웃으로 나누는 삶으로 성장한 것처럼 작가 신혜원이 칼럼, 시, 수필 등의 수순을 밟으며 체험을 들려주고 그것을 성찰하면서 내면세계를 풍성하게 해온 과정을 담았다. 이 점 이민문학이 개별 장르 중심으로 손쉽게 작품집을 엮어내는 일반적인 추세를 되돌아보는 각성의 기회도 제공한다.

2. 뿌리로부터의 삶

이 문집은 픽션이 가미되지 않은 실제 체험을 담은 수필과 칼럼이 주종을 이룬다. 그리고 거기에는 글을 쓴 당사자의 삶의 이력이 그대로 담겨 있다. 우리는 책을 읽을 때 다른 사람의 삶을 엿보는 데서 상당한 즐거움을 느끼기도 하는데, 이 책 또한 작가의 실제 삶을 잘 엿보게 한다는 점에서 일차적으로 즐거움을 선사한다. 작가는 목회자를 꿈꾸는 이와 결혼했고 이민을 감행해 결국 사모로 살았다. 그 삶은 사실 일반적인 사람이라면 그리 쉽게 원하지 않을 것이다. 은퇴한 어느 목사님의 사모님조차 '사모는 해봐야 안다. 그러니 너도 겪어봐라.'(「사모의 길」)라는 식으로 피력하는 걸 보면 어쩌면 크리스천들도 대개는 그럴 것 같다. 그러니 우리는 세속적이게도 이 문집을 읽으며 '왜 하필 그런 결혼을?', '어째서 그런 삶을?"이라는 궁금증을 숨기지 않는다. 다행히 이 책은 그에 대한 답을 잘 마련해 두고 있다.

> 어머니는 8남매 자녀를 위해 새벽마다 기도하는 생활을 하셨다. 내가 사모가 된 것도 전적으로 어머니의 기도 덕분이었다. 장로 부인이며 권사인 어머니 가슴속엔 여자 중에 사모야말로 가장 가치 있고 보람 있는 삶을 산다고 확신하신 것이다. 그 당시 나는 이런 어머니의 깊은 뜻을 헤아리지 못했다. 오히려 남들은 딸이 고생한다고 목사 될 사람과 결혼을 반대한다던데 어머니는 왜 나를 위해 눈물의 기도를 드리며 권하시는지 이해하지 못했다. - 「어머니를 그리며」에서

198

또한 아버지는 보수적이고 엄격한 기독교 교육으로 가훈을 '아국
재천(我國在天)'이라고 크게 쓴 액자를 높이 벽에 걸어 놓고 늘 보게
하셨다. 이런 아버지의 신앙 고백을 그 당시 어린 나는 그렇게 큰 의
미로는 깨닫지 못하고 자란 철부지였다. 이제 생각해 보니 '나의 나
라는 하늘에 있다'는 '아국재천'이란 말씀이 마음 속 깊이 뿌리박혀
나의 삶 속에 얼마나 큰 소망이 되었는지 모른다.

　　　　　　　　　　　　　　　　　　　　－「사월이 오면」에서

내가 그이와 결혼한 것은 전적으로 나의 의지가 아닌 묘한 이끌림
이었다. 오빠 내외와 어머니의 배려, 그리고 기도의 응답이라고 할
수 있지만 더 구체적인 사건은 그가 다니는 교회의 저녁예배 참석
후였다. 나란히 앉아 열심히 설교말씀을 듣던 중 오른편에 앉아 있
는 그의 옆모습을 보게 된 것이었다. －「남편의 모습 속에」에서

　사람의 길이란 하늘이 만드는 것일 터이니 작가가 사모의 길
을 걷게 된 것도 그러할 것이다. 그런데 위의 글을 보면 그 하늘
의 뜻이 아버지 어머니를 통해 작가에게 이르렀음을 짐작할 수
있다. 장로이신 아버지와 그 부인이자 권사이신 어머니, 그 사
이에 태어난 작가는 자랄 때만 해도 철부지로서 부모의 신심을
이해하지 못했다. 고3 때 아버지가 작고한 뒤 매우 궁핍한 생활
을 영위하면서도 8남매 자녀를 위해 매일 새벽 기도를 하신 어
머니, 그 어머니가 "눈물의 기도를 드리며" "목사 될 사람과 결
혼"하라 권하는 것도 이해하지 못했다. 그러나 작가는 목회자가
될 남편에게 '묘한 이끌림'으로 다가가 마침내 그 곁에 섰다. 이

는 단순히 '이성에 대한 이끌림'만은 아닐 것이다. 남편에게서 작가는 기독교영화 「십계」의 주인공 찰톤 헤스톤을 비롯해 모세, 오빠 등 셋을 느꼈다 했다. 작가는 결국 "여자 중에 사모야말로 가장 가치 있고 보람 있는 삶을 산다"는 어머니의 뜻대로 그 길에 나섰고, 오랜 고난이 있었다 하나 결국 그걸 견딘 보람으로서 있다. 뿌리로부터 온 삶이 줄기를 성성하게 이루었다가 이제 그걸 거두어들이는 것으로 하나의 결실을 이룬 것이리! 왜 하필 '사모의 길'을 걸었을까 하고 호기심을 드러낸 독자들도 이쯤 되면 그 삶에 깊이 공감할 수 있을 것이다.

3. 이민자들 사이에서

신혜원이 공식적으로 발표한 첫 글(「사막에도 꽃은 피는가」)의 첫머리는 "누구나 이민 생활에 대해 이야기하노라면 모두 책 몇 권은 써야 한다고들 한다."로 시작된다. 이민자이면 누구나 하는 말을 글머리에 세운 까닭은 비록 너무 자주 써서 상투적으로 들릴지라도 그 말을 할 수밖에 없어서일 것이다. 힘들게 살아온 많은 이민자들, 지금도 경황없이 살고 있는 이민자들이 뜻밖에 글쓰기에 매달리는 것도 상당 부분 이런 데 연유한다고 할 수 있다. 신혜원의 예만으로도 이는 충분하다.

정신없이 하루하루 살다보니 한 달 만에 가져온 돈이 바닥이 났다. 내 딴에는 달러를 한화로 계산부터 하게 되어 뭐든지 물가가 비싼 것 같아 1달러도 절약해서 살림을 했다. 그러나 매달 날아오는 전기세, 자동차비, 전화요금 등 방세를 내야 할 때는 부담 정도가 아니라 내 뼈를 깎아내는 듯한 고통으로 아려왔다. 게다가 남편과 함께 고국에서 신혼으로 살던 때와 거두어야 할 두 동생들과 함께 생활을 꾸려나가야 하는 것의 차이는 의외로 컸다. 왜 좋은 양호교사의 직을 버리고 말도 안 통하는 타국에 와서 생고생을 해야 하는지, 다시 가방을 싸서 한국으로 돌아가고 싶은 마음으로 하루에도 수차례씩 나를 괴롭혔다. 결국 방세를 줄이기 위해 원 베드룸으로 옮겼다. 한국과의 통화료도 줄이기 위해 편지나 엽서를 사용해 그립고 고달픈 마음을 달랬고, 동생들과 예배를 드리며 극복하는 힘을 얻었다. - 「노란 모자」에서

넉넉하지 않은 상태로 남편보다 먼저 두 동생을 데리고 도미해서 겪은 일이 눈앞에 있는 생생한 글이다. '노란 모자'는 입국하는 공항에 마중 나오는 교회 분들과 서로 알아보지 못할까 봐 미리 약속한 '불안한 증표'였다. 교회 분들의 따뜻한 배려로 처음부터 길을 잃는 일은 없었지만, 남편 없이 두 동생을 데리고 함께 지내면서 시작된 이민살이는 고달프기 그지없는 거였다. 이방의 도시에서 비싼 물가와 매달 날아오는 방세 고지서를 "내 뼈를 깎아내는 듯한 고통"으로 감당해 낸다. 이 문집의 글들은 이런 투로 삶을 구체적으로 표현하고 그것에서 우러나오는 감정을 진솔하게 드러낸다는 특징으로 자리한다.

스왑미트에서 금은방을 운영하는 지인께서 친구의 과수원에서 딴

단감 13상자를 내게 가져오시며 그것을 팔아 헌금을 하고 싶다고 제의하셨다. (…) "감 사세요. 모양은 이래도 아주 맛이 있어요." 하면서 점포마다 지나갔다. 어떤 분은 냉큼 사가니 고맙지만 또 어떤 분은 "이걸 감이라고 갖고 왔어요? LA에 가면 얼마나 크고 좋은 단감이 값도 싸고 많은데…." 했다. "이걸 팔아 헌금하라고 주셔서요." 하면서 그만 울컥, 목이 메는 것을 꾹 참았다. - 「감 사세요」에서

우리는 그 점포들을 일일이 찾아가 한 사람씩 이야기를 들어주며 간절히 기도드릴 수밖에 없었다. 두려움과 공포가 서려 있는 삶의 아픔을 들어주며 위로를 해드렸다. 손을 잡고 기도와 격려를 할 때 불안과 근심의 모습이 사라지고 눈시울이 뜨거워지며 얼굴이 환하게 펴지기도 했다. 그런 모습에 우리도 함께 감사와 감동을 느꼈다. 사실 그런 일로 심방 시간이 길어져 귀가할 때는 교통체증으로 우리 아이들의 픽업시간을 놓치기가 일쑤였다. 우리 애들보다 위기에 처한 교인이 늘 우선이었기 때문이다. - 「목사님, 너무 무서워요」에서

「감 사세요」는 개척교회를 하던 시절 교인이 '헌금대용'으로 준 단감 13상자를 받아 행상을 한 체험을 담았다. 행상 경험이 있을 리도 없었고 아마도 그런 일을 해보리라 생각도 해본 적이 없었을 것이다. 게다가 교회 사모가 아닌가. 그런 처지에서 오직 교회에 보탬이 되고자 행상에 나선 것이다. 자존심은 버리고 수치심은 각오해야 할 그 일을 작가는 "하나님의 일"이라 여기며 용기를 내 행했다. 「목사님, 너무 무서워요」는 1992년 LA에서 일어난 4.29폭동 때 위험에 빠진 태에 놓인 교민들을 찾아가 기

도한 경험을 다루고 있다. 자기 점포에 남아 있다가는 자칫 잘못하면 목숨을 잃을 수도 있었지만 교민들은 두려움 속에서도 지켜내고 있었다. 그런 때 그들이 요청한 기도가 얼마나 힘이 되는줄 알기에 남편과 함께 불편을 무릅쓰고 달려가 기도해 준다. 이역시 하나님의 뜻일 테지만 그걸 실천에 옮기는 데는 용기와 희생이 그만큼 필요한 일이었다.

풀잎 사이로 걷고 싶다
청보리 연초록 새싹
수줍게 미소 띤 들밭
소록소록 고개 내미네

수많은 발자국에 짓밟히고, 짓밟혀도
더욱 곱게 돋아나고 있구나
억눌림 뚫고 끈기 있게

누구의 숨결일까
그 어느 힘도 막을 수 없는

뿌리는 밀어주고
햇빛은 당겨주는
하늘 가득한 사랑이 말해주는 걸

낮아져, 낮아져
풀잎 사이로 걸을 수 있다면

그들 사이의 대화를 들을 수 있고
푸른 꿈 나눌 수 있을 텐데

지금은 알 수 없다, 참고 견디자
짓밟힘도 축복인 것을
누구나 한때 연두색 연약한 새싹인 적이
초록이 되고 보면 아름다웠다고, 그리고
고마웠다고 말하게 되겠지
바람은 알고
사람 풀잎 사이로 불고 있다

                        - 시, 「풀잎 사이로」 전문

   이 시는 시인으로서 첫 발을 내디딜 때 뽑힌 작품(2013년 재미시인협회 신인상)이다. 어쩌면 이 한 편에 사모가 걸어야 할 모든 것이 다 들어 있었는지도 모른다. 개척 교회 사모로서 새벽 예배를 마치고 돌아오는 공원에서 발밑에서 올라오는 새싹을 보고 위안을 얻고 다짐을 하는 과정이 바로 이 시가 아니었을까. "짓밟히고 짓밟혀도/ 더욱 곧게 돋아나는" 새싹을 보며 "뿌리에서 밀어주고/ 햇빛은 당겨주는" 바로 그런 힘은 오직 "하늘 가득한 사랑"에서 오는 것임을 느낀다. 그 사랑은 스스로 "낮아져, 낮아져" 대화하는 자세를 견지하게 하고, 짓밟힐지라도 참고 견디게 한다. '하늘의 사랑'이 '나의 나아감'으로 실천되는 이러한 관계는 "바람은 알고/ 풀잎 사이로 불고 있다"에서 보듯 바람과 풀잎의 조화로운 호응으로 형상화된다.

다시 삶의 현장으로 돌아오면, 사실 사모라 해도 용기와 희생, 참고 견딤을 반드시 실천해 보여야 할 것은 아니었다. 그 삶은 작가에게 "왜 하필이면 사모이어야 하는지 수치감에 사로잡"혀 "고통을 안고 몸부림치며 울부짖"은 날들로도 기억된다(「사막에도 꽃은 피는가」). 또 "교인 수와 교회 규모로 목회자가 평가받은" 교회문화에서 "때로는 쥐구멍에라도 들어가고 싶은 위축감"을 느낄 때도 있었단다. 이 문집의 글은 바로 이런 내적 갈등까지 드러내 실감을 안긴다. 그 실감은 '한 영혼을 위해서라도 내가 존재한다'는 믿음으로 주님만을 바라보는 남편을 따르면서 "엄습해 오는 불안감이나 좌절감에서도 해방"된(「남편의 모습 속에」) 작가의 내면에 대한 이해로 이어지게 된다.

　이민자 중에 사모도 여럿 있고 그 사모는 대개 이런 정도의 일은 겪는다고 할지 모른다. 그러나 그 일을 이렇게 생생하게 표현한 예는 흔치 않다. 개인의 생생한 표현은 그 자체로 의미가 완료되지 않는다. 위 체험들은 사모의 체험이되 실은 각박한 그 시절을 함께 해온 우리 교민들의 삶을 아우르는 풍속도가 보여주기도 한다. 조그만 한인 교회에 보탬을 주고자 단감 13상자를 바치는 정성이나 그걸 팔러 나서자 기꺼이 나서서 사주는 배풂의 마음 또한 우리 교민의 것이다. 또한 4.29폭동과 같은 위기상황에서 우리 교민들이 어떻게 살아냈는가에 대해서도 짐작할 수 있다. 신혜원과 함께 우리 동포들은 그렇게 살았다. 이 문집은 그런 점에서 개인사의 체험을 드러낸 데서 나아가 이민사 전체를 대변한다는 의미까지 얻고 있다.

4. 나누고 비우기

작가는 이민자로, 사모로, 만년에 얻은 직장의 일꾼으로, 글을 쓰는 사람으로 살았다. 그러고는 남편이 현직에서 물러나면서 사모의 지위도 내려놓았으며 이제는 직장도 은퇴한 상태다. 그 사이 자식들도 장성해서 독립했다. 그동안 써온 글을 모아 문집도 낸다. 이 문집에는 그렇듯 바쁘게 살아온 삶의 이야기들이 자잘하게 펼쳐 있다. 직장에서 봉사업무를 하면서 겪게 된 재미있고 이색적인 사연도 많다. 가령 요양병원 소셜서비스 업무를 맡아 상대한 환자들 사이의 갈등과 오해(「저 옷, 내 옷 아냐?」, 「생일 떡 때문에」 등), 같은 근무자들 사이에서 일어난 문화충돌(「Bridal Shower」, 「그대의 윙크는 무엇을 말하는가」 등) 등은 요지경 같은 세상사의 축소판 같기도 하다. 사모로서가 아니라 교회 다니는 사람으로 교인들과 함께 어울린 일상의 모습도 있다(「백두산의 분노」, 「합창을 하며」 등). 코로나19 시대에 달라진 이민자들의 세태도 전한다(「가장 따뜻한 선물」, 「COVID19 시기의 장례」 등). 동고동락해 온 남편과 일상을 소소하게 함께하기도 하고(「공주 같은 마님, 내게 온 자리」, 「순수한 맛과 사람」, 시 「남자의 눈물은 뼈가슴을 흔든다」 등), 사랑하는 아들과 속 깊은 정도 나누고(「나 미국 애랑 결혼해도 돼요?」, 「보내는 마음」 등), 가끔은 모국 소식이나 친정식구 얘기도 전한다(「치유의 강물은 흐르고」, 「어머니를 그리며」, 「손거울」 등). 많은 글을 여기에 인용하지 못하니 모두 일독해서 쏠쏠한 재미를 맛보기 바란다. 그 다음에 알 수 없는 찡한 느낌까지 있으리니!

    오늘 돌아온 봉지가 내게 말할 수 없는 위로와 기쁨을 주는 것은 무슨 이유인가. 잃었던 아들이 돌아온 것도 아니고, 귀중품도 아닌 마켓봉지를 다시 찾은 것뿐이다. 그러나 마치 어머니의 따끈따끈한 생일 밥상과 선물을 받은 것 같은 감동이 내 안에서 요동하지 않은가. 차 사고로 인해 잃어버릴 경제적 손실에 비하면 찾은 물건은 하찮은 것에 불과하다. 그러나 따뜻하고 친절한 이웃이 주는 마음의 감동은 결코 물질의 크기에 있지 않음을 깨닫는 이 아침을 어찌 넘길 수 있겠는가. 이 사실을 내 기억 속주머니에 고이 간직하며 가끔씩 꺼내보련다. -「이 아침을 어찌 넘기랴」에서

이 글은 뜻하지 않게 접촉사고를 낸 날을 들려준다. 정신이 없어 승강기에 생선을 구매해 넣은 마켓봉지를 두고는 챙기지 못해 복잡한 심기가 된 정황이 펼쳐진다. 차사고 뒤처리 문제만 해도 괴로운데 거기에 잃어버린 마켓봉지 생각에 신경이 날카로워져 있다. 이틀이 지나도 찾을 수 없어 당연히 잃어버린 줄 알았는데 그 봉지가 사흘째 되는 날 문 앞에 놓였다. 그것도 누군지도 모를 사람이 냉장보관까지 해서 가지고 있다가 주인을 찾아준 것. 우리는 작가가 전하는 이 "따뜻하고 친절한 이웃이 주는

마음의 감동"을 아름답게 접한다. 즉, 이 문집은 이런 감동을 맛보게 하기 위해 있는 게 아닌가.

이렇듯 웃고 울고, 아쉬워하고 고마워하는 사이 찾아드는 것이 있다. 바로 '버리고 떠나는 시간'이다.

> 은퇴라는 말을 미국에서는 'retire'라 쓴다. '묵은 타이어를 다시 갈아 끼운다'는 뜻이다. 나의 은퇴 역시 더 잘 달려가기 위해 나를 한번 갈아 끼우는 일이라 생각하면 큰 위안이 된다. 그렇다. 은퇴를 앞둔 지금은 인생의 가을이라고 할 '절묘한 시기'다. 미리 미리 떨어질 준비를 해보는 것이다. - 「하나씩 떨어뜨릴까」에서

'retire'라는 말은 미국 사람이 쓰는 가장 절묘한 표현 중 하나일 듯하다. 어째서 절묘한가 하면, 누구나 은퇴할 때가 되면 의기소침해지는데 이 'retire'라는 말에 절로 위안을 받게 되기 때문이다. 신혜원 역시 이 말 앞에서 자신의 은퇴를 '묵은 타이어를 다시 갈아 끼우는 것'이라 위안하고 있다. 그런데 그게 단순히 위안만일까. 어쩌면 삶의 시간은 생각하기 나름이었던 건 아닐까.

> 줄서 기다리는 시간
> 또 다른 여가를 얻는 일이다.

> 짧아진 앞줄
> 길어진 뒷줄
> 엉클어진 생각 정리되고

기다렸던 꽃망울 날개를 편다.

- 시, 「줄서 기다리기」에서

무엇을 하기 위해 기다리는 시간만 하더라도 그건 '시간 아까운 일'이기가 보통이었다. 그러나 생각에 따라서는 기다리는 시간은 일종의 여가이기도 해서 그 시간 동안 "엉클어진 생각 정리되는" 뜻밖의 소득을 얻기도 한다. 그건 곧 꽃을 터뜨릴 '꽃망울'의 시간이기도 하다. 눈앞에 온 가을은 쇠락해지는 계절이 아니라 '재충전을 위해 준비하는 계절'(「하나씩 떨어버릴까」)일 수 있다.

여기서 우리는 신혜원이 실제의 은퇴를 실행하기 오래 전부터 이를 준비해 온 사람임을 기억한다. 여러 글에서 사모로서도 모으기보다 나누기를 즐겨한 삶의 태도를 보여온 것이다. 평소 청소하기를 즐겨하면서 "나의 마음과 주위 환경을 모두 정화시키"고 "타인의 마음까지 기분 좋게 해주는 힘"(「그대는 나의 기쁨을 아는가」)을 느끼는 일만 해도 그렇다. 일상이 남을 향해 열려 있었던 거다. 이 문집 여러 곳에 노숙자에 대해 남다른 관심을 드러낸 것도 그렇다. 노숙자를 시적 대상으로 삼아 쓴 시 「겨울비와 홈리스」("홈리스처럼 찾아왔다 사라지고/ 겨울비로 다시 찾아오는")도 있다. 신혜원의 나누기는 곧 버리기를 예비한 행동이었다고 할 수 있다.

어차피 인생이 끝날 때 실오라기 하나 갖지 못하고 떠난다는 것을 안다면 미리미리 비우기를 연습한다 생각하자. 비우는 일은 채우는 일보다 훨씬 가볍고 행복하다는 것을 알기까지 시간이 걸리고, 인내와 결단이 따를 뿐이다. 일단 뭐든지 비우고 나면 가벼운 날개를 다는 것이다. - 「비우기」에서

사실 삶은 채움 없이 지탱하기 어렵다. 이때 그 채움이란 거의 물질적인 것이다. 심지어 정신적인 것조차 물질이 넉넉해야 채울 수 있다는 믿음이 우리한테 있다. 그와 동시에 그 물질은 아무리 많아도 채움으로 느껴지지 않으며 따라서 그 물질로는 정신적인 것을 채울 수는 영원히 없다는 사실을 우리는 이미 내적으로 모두 경험하고 있다. 비운다는 자세 없이는 영원한 결핍에 시달리는 게 인간인 것이다. 따라서 비운다는 것은 인간에게 거의 마지막까지 남은 화두라 할 수도 있겠다. 화두는 그것을 붙들 때만 의미가 있는 것. 신혜원의 많은 글은 끝내 그 화두를 붙들고 있다. 그로부터 비움이 시작되리니, 하나님 보시기에도 그게 참 좋을 듯하다.

신혜원

본명 김혜원. 1954년 서울 출생. 금란여고와 서울간호전문대학 졸업. 성바오로병원에서 3년 근무. 영희초등학교 양호교사를 하다 신종락 전도사와 결혼. 1981년에 미국으로 이민. 두 아들을 낳음. LA에서 '새싹 어린이교실'을 8년간 운영. 샌버나디노와 LA에서 남편의 목회를 돕는 사모로 지냄. 2010년부터 9년 동안 LA 올림피아요양병원에서 소셜서비스 일을 함. LA 유아교육과 단국대 미주문학아카데미를 다년간 수료. 2013년에 재미시인협회, 재미수필문학가협회 신인상으로 각각 등단.

신혜원 문집
이 아침을 어찌 넘기랴

초판 1쇄 발행 2023년 4월 20일

지은이 **신혜원**
펴낸이 임현경   책임편집 홍민석   편집디자인 박세암

펴낸곳 **곰곰나루**
출판등록 제2019-000052호 (2019년 9월 24일)
주소 서울특별시 양천구 목동서로 221 굿모닝탑 201동 605호 (목동)
전화 02-2649-0609
팩스 02-798-1131
전자우편 merdian6304@naver.com
유튜브채널 곰곰나루

ISBN 979-11-92621-06-7

책값 16,000원